「――スキルボード！」
突如、何もない空間に
シュッと音も無く透明の板が出現した。
どうやらスキルボードは、
音声を認識して起動するものだったようだ。
ステータス
Lv. 1
種族：人
職業：狩人
位階：I
トール・ミナスキ
トール・ミナスキ
（水梳透）

「私はエステルだ」
「僕は透です。水梳透。こっちだと透水梳、と名乗るべきなのかな」
「トール・ミナスキ殿、か。私はフィンリスで冒険者をやっているのだが、失礼ながら貴殿の顔を見たことがない。貴殿はどこの街からやってきた冒険者なのだ?」

エステル・レグルス
「冒険者……。やっぱりあるんだなあ」
「んん？」
「いえ、こっちの話です」

「……トール」
絶命の窮地においてエステルの
脳裡に思い浮かんだのは、
両親の顔ではなく、友人の顔でもなく、
何故かゴブリンを難なく討滅した
少年の顔だった。
その瞬間。
「――間に合った」
風が、ロックワームをなぎ払った。

劣等人の魔剣使い

スキルボードを駆使して最強に至る

AKI HAGIU

萩鵜アキ

イラスト：かやはら

CONTENTS

プロローグ

水梳透《みなすきとおる》が穴に落ちたのは突然のことだった。

仕事でくたびれた体を引きずるように夜道を歩いていた透は、突如浮遊感を覚えた。

疲れが溜《た》まって腰が砕けたのかと思った。慌てて足を踏ん張るも、地面がない。

「えっ？　な――ッ⁉」

足がぴんと突っ張った。横隔膜を押し上げる浮遊感が持続する。

そこから十秒経って、ようやく透は異変に気がついた。瞼《まぶた》を開いているのに、辺りは真っ暗だった。相変わらず浮遊感は続いている。

――落ちた。

透がそのことに気がつくとほぼ同時に、視界を真っ白な光が満たした。

ぽん、という冗談のような音とともに透は腰から地面にぶつかった。落下時間の割に、衝撃はまったくなかった。

「えっ、えぇえ……？」

状況が飲み込めない透は、しばし尻餅をついた形で辺りを見回した。

辺り一面、何もない。ビルも家も道路も電柱もない。すべてが白一色の空間が広がっていた。

「な、なんだここは……？」

「あれぇ？　なんでここに人間がいるのよ」

突如背後から声が聞こえた。その声に、透はびくっと肩を震わせた。振り返ると、白い空間の中に見目麗しい女性がいた。

その女性は、白い貫頭衣のようなものを着ていた。長い髪の毛は透き通るほどの金色だが、顔立ちは外国人よりも日本人的だ。ただ深紫の瞳は、日本人ではまずお目にかかれない色である。

「貴女は、誰？」

「ふぅん、アンタには女性に見えるのね」

「えっ？」

透は慌てた。もしかして綺麗《きれい》な男性だっただろうかと。そんな内心を読み取ったか、女性は苦笑して、

「違うわよ。人によって見え方が変わるのよ。しばらく前に来た男は、アタシを男だと思ってたみたいだったし」

「男には全然見えないですけど……」

「なんかオーマイゴッド、ジーザス・ハレルヤ・エーイメンだかってしきりに口ずさんでたわ。たぶんその男は、男が考える神に見えたんでしょうね」

そう言うと、女性は袋に入ったポテチを取り出し、ポリポリと食べ始めた。

（……一体そのポテチはどこから出した？）

透には彼女がポテチ袋を持っていたようには決して見えなかった。まるで手品である。

「説明すると、アタシは神よ」

「あーはい、そうですか」

途端に透は彼女の言葉を聞く気が失せた。自分を神だと言う奴に陸《ろく》な人間はいない。

「地球の人間——特に日本人ってみんな似たような反応をするわよね。神をなんだと思ってるのかしら?」

「史上最高の詐欺師」

「……どうやらアタシは一度、日本人を再教育しなくちゃいけないみたいね」

女性は目元をヒクヒクさせた。

「ところで、ここはどこですか? なんか僕、道を歩いてたら落ちたような気がするんですけど」

「それで正解よ。アンタは落ちたの。アンタが落ちてきたのは次元の裂け目よ」

「次元の裂け目?」

「ええ。裂け目はごく希に、地球上のどこかにランダムで出現するバグね。どれだけプログラムを弄っても消えないのよねぇ。アンタはその裂け目から落下していま、ここにいる。ここまでは大丈夫かしら?」

「……う、うん。まあ、はい」

透は彼女の話が信じられなかった。だが信じようが信じまいが透は現在、己の理解を超えた場所にいる。

これが夢であればと思ったが、頬をつねると痛みを感じた。先ほど落下して尻餅をついたときは、一切痛みがなかったというのにだ。

否も応もない。無理にでも信じるしかなかった。

「とりあえず、明日も仕事があるから元の場所に戻りたいんですけど」

「それは無理よ」

「どうして」

「戻るならあそこだけど——」

女性は上を指さした。そこには微かだが、白い天井の中に小さな黒い点が見えた。

距離感がまるで摑《つか》めないが、その黒い穴に向かって進めば、元の場所に戻れるのだろう。だが、そこに行く方法は不明だ。

「——アンタ空飛べる？」

「無理ですけど……」

「じゃあ諦めて」

どうやら、穴に入るには飛ぶ必要があるらしい。現実離れした場所にいるというのに、解決方法はやけに原始的だ。

「いやいやいや！　まだやりかけの仕事が残ってるんです。明日も進めないと、納期に間に合わない。あなたは神様なんですよね？　だったら僕を神様パワーか何かで元の世界に戻してくださいよ」

「戻しても良いんだけど……」

女性はポリポリとポテチを食べながら、透の頭からつま先までじっと眺めた。

「その姿で戻っても仕事は出来ないわよ」

「……どういう意味ですか？」

「いまのアンタは、魂だけの存在になってるのよ」

「へっ？」

「まさか次元の裂け目に落ちても、普通の人間の肉体が形を保てているって思ってるの？　人間の肉体は三次元よ。三次元の存在である限り、二次元にも四次元にも行けないじゃない」

「そんな……」

「まあそんな顔をしないの。どうせアンタが持ってる仕事なんて、他の誰でも出来る仕事なんでしょう？　アンタが来ないとわかったら、きっと誰かが問題なく引き継ぐわよ」

「ぐっ……」

（この自称神。的確に痛いところを突いて来おる）

透自身、そのことは重々承知している。だが面と向かって言われると、己の存在のあまりの軽さに心が砕けそうになった。

「それで……僕はどうなるんですか」

「それじゃあ、その話を進めましょうか」

彼女はポテチ袋を消し去りパンッと手を叩《たた》いた。すると真っ白だった床が、一斉に色を変えた。

まるで床一面が巨大なモニターになったように、床には白と緑と青の模様がゆっくりと流れていた。

「アンタには二つの選択肢があるわ。一つはこのまま消える。なんの苦労もせず、なんの痛みも感じずにあの世へ行けるわよ」

「はあ。あの世ってあるんですね」

「ないわよ」

「じゃあなんで言ったの⁉」

「二つ目は——」彼女は透の問いを無視して続けた。「この星に移住することよ」

星——白と緑と青の模様は、星の映像だった。

「上から落ちてきた魂を再び上に戻すのは難しいわ。それに気づき、透はじっと星を見下ろした。下に降ろすことなら簡単なのよ。いまのアンタは肉体を持たないけど、アタシなら丁度良い体に入れてあげられる」

「丁度良い体、ですか」

「そう。魂が抜けたてほやほやの体よ」

「それって、もしかして遺体？」

「そうとも言うわね」

「えぇえ……」

「そんな嫌な顔しないの。アタシでも、新しい体を一から作るのは大変なのよ？　馬鹿みたいにリソースをつぎ込まなきゃいけないし、そのせいで知らない場所にバグが出来るかもしれないんだから」

「まだ生まれてない赤ん坊に移してもらうことは出来ないんですか？」

「そのためには、赤ん坊の魂を抜かなきゃいけないわよ。赤ん坊だって、魂を持ってるんだから。生まれてくるはずだった魂を消し去ってまで、アンタは赤ん坊に乗り移りたいの？」

「いや、それは……」

「それに、赤ん坊に乗り移ったら、アンタはその精神年齢《とし》でママからオッパイを貰《もら》わなきゃいけないわよ？　そういう趣味があるならアタシは別に手を貸しても――」

「いいえ結構です！」

そのような言われ方をすれば、誰しもNOと答えるに決まっている。中にはそういう特殊な趣味を持つ者もいるかもしれないが、透は違う。

「それじゃあ決まりね。いまからアンタを死た――丁度良い体に送り込むわね！」

（いま死体って言おうとしたかこいつ？）

透はじっと女を睨《ね》めつけた。

「ところで、僕は向こうの世界のことを何一つ知らないんですけど、生きて行けるんでしょうか？」

国が変わると言語が変わる。希に言葉はなくともボディランゲージのみで会話出来る人はいる。だが異世界人と言語なしのコミュニケーションが取れるほど、透はコミュ力が高くない。

言語だけではない。生活様式の変化も大きいと想像に易い。地球で最も恵まれた生活環境を持つ日本でぬくぬく育った透が、それ以外の地域に前知識なしで放り込まれても、生きて行ける自信はなかった。

「その辺りはアタシに任せて。これまで次元の裂け目に落ちた人も、アタシのサポートで別世界に移住したから」

「他にも移住してるんですね」

「ええ。天寿を全うした人もいるし、途中で……」

「途中で？」

「……うん。アンタなら天寿を全う出来るはずだから安心して！」

女性は誤魔化すように声を張り上げた。

（途中で、一体何が起こったんだ……⁉）

安心してと言われても、透は不安しか感じない。

「――と、言ってる間に準備が整ったみたいよ」

「早いですね」

「いったい一日に、世界中で何人が死ぬと思ってるのよ」

「……それもそうですね」

地球では一秒間に一・八人が死亡していると言われている。こうして話している間にも、何人もの人が死んでいるのだ。透が降りるのに最適な体など、すぐに生まれるというものだ。

「じゃあ向こうに行く前に、これをあげるわ」

そう言って、女性は透にA四サイズの透明な板を差しだした。アクリル板のような見た目のそれを手に取った瞬間、パッと光を放ち板が消えた。

「えっ、あれ、消えた？」

「いま渡したのはスキルボードよ。……スキルボードって言って通じるわよね？」

「大体は」

透は頷《うなず》いた。人並みにゲームを嗜《たしな》む透は、スキルボードがなんなのか大雑把に把握出来た。ようは、本来人間には操作できない潜在能力を、自由に変更出来るシステム、あるいはデバイスだ。

「どうして消えたんですか？」

「それはアンタの魂に結びついたから。向こうの世界に行ったら使えるようになるわよ。地球でマトモに生きてたなら、使えないってことはないだろうから」

「えっ、使えないこともあるんですか⁉」

「うん、まあ、アンタは真面目そうだし、大丈夫だと思うわよ？」

真面目なら大丈夫？　透は首を傾げる。不真面目だったら、何かペナルティがあるのだろうか。心に手を当てて、過去の自分を思い浮かべる。不真面目だった記憶ばかりが蘇《よみがえ》って、透は背中にダラダラと冷たい汗が流れた。

「それを上手く使って、長生きするのよ。それじゃあ移動させるわね」

「ちょ、ちょっと待ってください！　まだ尋ねたいことが――」

「大丈夫よ。これが今生の別れにはならないから。条件を満たせば、アタシはいつだって会ってあげるわよ」

女性は笑顔を浮かべ、手を前に差しだした。手の平に白い光が集中する。

瞬く間に、透の視界を白い光が覆い尽くした。

「んじゃ、頑張ってねー」

そんな声を最後に、透の意識は途切れたのだった。

○

人間を送った後、神は「ふぅ」とゆっくり息を吐いた。魂だけとはいえ、現世に介入するのはなかなか骨が折れる。それでも、この場に落ちてきた魂を、新たな道に送り出すのは神の務めだった。

務め……いや、楽しみか。

「今回の人間はどうやって生きるのかしらねぇ」

神は今回、スキルボードにこっそり仕掛けを施していた。スキルボードは人間を送った星『エアルガルド』で生きるための補助システムだが、正しく使えば過剰な程の力が得られる。

逆に、スキルボードが正しく扱えなければ、生きて行くことすらも難しくなる。それは転移時に、神が魂を無理矢理体に定着させることで、本来あるべき能力が制限されるからだ。

その不利を打開するための恩恵《スキルボード》なのだが、現在に至るまで十全に扱えた者は誰一人としていない。

まず、スキルボードが使えなかった人間が全体の半分を占めている。スキルボードが使えないのは、元の世界で徳を積み重ねて来なかったためだ。

因果応報。怠惰な人間に、神は力を与えない。

スキルボードが使えた者でも、ほぼ全員が必須技能を取得しなかった。

これまで、誰一人として普通に生きるだけの力も得られなかった。そのせいで、転移者は皆『劣等人』と呼ばれるようになってしまった。神が力を与えているにも拘わらず、だ。嘆かわしい。

ではさて、いま送り込んだ魂はどうか。

「まー、あの子ならスキルボードの使用は問題ないでしょう。あとは、絶対に必要なスキルに気づくかどうかねー」

もし必須技能に気づけたら、彼は人類史上かつて無い力を手にすることになる。

その力を持ったとき、あの人間はどう変化するか？　まともでいられるか、あるいは狂気に侵されるか……。

彼がどんな人生を送るか、神はいまから楽しみで仕方がなかった。

1章　流した涙を、この体が覚えてる

小さな村の生まれであるリッドは、巨大な洞窟の中の崖の下で仰向けに倒れていた。

落下の衝撃で割れた頭から、血が止まらない。地面がみるみる赤く染まっていく。

リッドの視線の先。崖の上に、同じ村出身の大人三人組がいた。クレマン、ロベール、タックだ。

「よかったなぁリッド。やっと両親の元に行けるぜ?」

「たす……け……」

「だぁれが忌み子なんかを助けるかよ!　そのまま死んでろ」

崖の上からリッドを見下ろしていた彼らは、ニタニタ笑いを浮かべながら去って行った。

リッドはもう、体に力が入らなかった。立ち上がろうとしても、まったく立ち上がれない。後頭部からはドクドクと血が流れていて、身動きが取れない。もし身動きが取れても、いまは崖の下だ。

崖は非常に高い。とてもではないが、リッドには登れない。

「こんなことに、なるなら、アイツらを……」

殺せばよかった。父と母を殺した奴らを手に掛ければよかった。

しかしリッドは、両親の仇《かたき》を討てなかった。仇を討つための、ほんの僅かな勇気が持てなかった。

結果、リッドは奴らに突き落とされ、致命傷を負った。

「……くっ」

リッドの目から、ボロボロと涙があふれ出した。

「くそっ……くそっ!!」

涙を流しながら、リッドは十六年の生涯に幕を閉じたのだった。

○

意識が戻り、透《とおる》は目を開く。

辺りは何もない白から、洞窟のような見栄えに変化していた。

「いてて……」

固い地面で仰向けに寝ていたためか、体が痛い。上体を起こして、透は後頭部をさすった。

「んん?」

ねちょ、と手の平に何かが付着した。恐る恐る手を前に翳《かざ》す。すると、手が真っ赤に染まっていた。

――血だ。

「おおうっ!」

透は慌てて後頭部を触る。だが、どこにも傷跡はない。

「できたてなのはわかってたけど、さすがにいきなり血はビックリしたぁ。にしてもこの体、怪我で死んだ、んだよね？　怪我は、治った？」

透の魂が乗り移ったときに、負った怪我が治癒されたようだ。だがそうでもなければ、折角の第二の人生が数秒で終了していたところだ。無駄死にどころの騒ぎではない。

「本当に、異世界に来たのかな？」

上体を起こして辺りを見回す。一見すると普通の鍾乳洞《しょうにゅうどう》だった。

すぐに異世界らしい風景が広がっているものと思っていた透は、僅かに落胆する。見た目は日本の鍾乳洞と大差なく、いまいち異世界に来た実感が伴わない。

落胆した透だったが、辺りが妙に明るいことに気がつき顔を上げた。

そこには、

「なんだあれ？」

天井をびっしり埋め尽くした鍾乳石《しょうにゅうせき》の先端が、薄ぼんやりと輝いていた。一つひとつは蛍程度の光量だが、光源が無数あるため、鍾乳洞全体がライトアップされたように輝いている。

「おー。鍾乳石が自然発光してる！」

やっと見つけた異世界の片鱗《へんりん》に、透は興奮しながら立ち上がる。だが、体が思うように動かない。

「……あ、あれ？」

危うく転びそうになり、透は踏鞴《たたら》を踏んだ。

思う通りにならないのは、体が動きにくいためではない。体が動きすぎるのだ。

身長は同じくらいだが、肌つやが非常に良い。手の甲も皺《しわ》一つなくピカピカだ。

「若返っている？」

軽く腕を回す。まるでオイルだ切れた歯車のようにゴリゴリいっていた肩は、なんの抵抗もなくクルクルと回った。

透は試しにその場で飛び上がる。すると体は羽根のようにふわりと舞い上がった。

三十二歳だった透の肉体とは、まったく性能が違う。

シャツをめくり上げると、六つに割れた腹筋が目に入った。手で体をまさぐると、筋肉の膨らみがはっきりと感じられる。

「あらま。またずいぶんと引き締まった体だこと……」

自分にはもったいないくらいだ。羨望と嫉妬と申し訳なさが入り交じった複雑な感情に、ため息が漏れた。

「この体の持ち主って、何歳だったんだろう？」

疑問を抱くと、脳の中から十六という数値が現れた。

透が乗り移る前の、持ち主の記憶である。それを信用するなら、透は現在十六才になったということだが……。

「……はあ」

透は再びため息を吐いた。自分の年齢の半分しか生きてない子どもが、ついさっき命を失ったばかりだと思うと、どうにも気分が沈んでしまう。

「……この体、この命、大切に使わせて頂きます」

もうこの場にはいないだろう魂に向けて、透は両手を合わせて祈りを捧《ささ》げた。

祈り終えると透は早速、自称神に貰《もら》った力を確認する。

「っていっても、あれはどうやって出せばいいんだろう？」

念じるが、出て来ない。

手を前に出して、少し息んでみた。

「うっ！」

しかし、出ない。

「もしかして、僕が不真面目だったから……⁉」

透の額に、冷たい汗が浮かぶ。透は慌てながら、必死に頭を働かせ、苦し紛れに声をひねり出した。

「――スキルボード！」

突如、何もない空間にシュッと音も無く透明の板が出現した。

どうやらスキルボードは、音声を認識して起動するものだったようだ。

「よかったぁ。ちゃんと出た……」

神様に不真面目認定されていなくて良かったと、透は心底ほっとした。

気を取り直して、透はスキルボードを確認する。

○ステータス
トール・ミナスキ
レベル：1
種族：人　職業：狩人
位階：Ⅰ　スキルポイント：1000

「そっか。狩人だったから、こんなに体が引き締まってたんだ」

透は職業欄を見てそう呟《つぶや》いた。

透は日本ではサラリーマンだった。もちろん、狩人ではない。そんな技術も知識もない。つまりこの職業欄は記憶ではなく、肉体のデータから算出されたのだ。

次に透はスキルポイントに目をやった。スキルポイントとは、能力を引き上げるために使用するものだろうと想像出来た。ゲームではありふれたシステムであるため、困惑はない。

疑問を覚えたのは、位階だ。

「この位階って、なんなんだろう？」

Ⅰとあるため、ⅡやⅢがあるだろうことは予想出来る。だが、それだけだ。Ⅰが一番高いのか、一番低いのかさえわからない。

「タップしても説明なしか……」

位階を指先で触れてみるが、説明文は浮かび上がらなかった。

こういう場合、ゲームではスキルや項目をクリックすると、大抵説明文が出現する。このスキルボードは、そこまで親切に設計されていないらしい。

「次に神様に会ったときにでも聞いてみるか……」

自称神は会える可能性があると言っていた。会うための条件がどのようなものかはさっぱりだが、もし会えた時にでも聞いてみようと心に留め置いた。

透は次の項目に目を移す。

位階とスキルポイントの下に、それぞれ基礎と技術のツリーが格納されていた。それをタップして解放する。

○基礎

【強化】【身体強化】【魔力強化】【自然回復】【抵抗力】【STA《たいりょく》増加】【MAG《まりょく》増加】【STR《きんりょく》増加】【DEX《きようさ》増加】【AGI《びんしょうせい》増加】【INT《かしこさ》増加】【LUC《うん》増加】【限界突破】

○技術

〈剣術〉〈槍術《そうじゅつ》〉〈棒術〉〈拳闘術〉〈魔術〉〈調教〉〈法術〉〈察知〉〈隠密〉〈威圧〉〈挑発〉〈思考〉〈言語〉〈表情〉〈話術〉〈扇動〉〈断罪〉〈隠蔽〉〈農作〉〈耕耘《こううん》〉〈裁縫〉〈服飾細工〉〈宝飾細工〉〈錬金〉〈冶金〉〈鍛冶〉〈異空庫〉〈無詠唱〉……

「おおう……。めっちゃ多いなぁ」

解放したツリーには、びっしりと基礎スキルと技術スキルが並んでいた。基礎はまだ画面に収まる程度だ。だが、技術はいくらスクロールしても終わりが見えない。

技術ツリーには、古今東西の技術と言われるものすべてが並んでいるようだ。〈耕耘〉や〈穴堀〉など用途が想像出来るものから、一体どこで使うのか〈肉眼ウェイトリフティング〉だの〈サクランボの種飛ばし〉だの、本当にどうでも良いものまである。

「これ、いらないのを消せないかな？」

試しに〈肉眼ウェイトリフティング〉をタップしてみる。するとポップアップにスキルを振るか否かの項目と、『格納』という項目があった。

透は『格納』をタップ。すると、〈肉眼ウェイトリフティング〉がツリー一覧から消えた。

消えた〈肉眼ウェイトリフティング〉はツリーの一番下に、新たに生まれた『格納』という項目の中に収納されていた。

「上手くいったけど、これ全部整理するのめんどくさいな……」

全部で何千あるのやら。整理しようとするならば、すべてをひとつずつ手作業で格納しなくてはならないようだ。

適当にやれば多少は早く整理出来る。だが、必要なスキルまで格納してしまいかねない。

「まあ、後々じっくりとやっていくか」

不要スキルの即時格納を諦め、透は必要スキルの目星を付けていく。

まずは基礎スキルだ。こちらはすべてにポイントを割り振る。基礎スキルは、種類によって一振りに必要なポイントが違った。

たとえば【強化】【身体強化】【魔力強化】。この三つはいずれも透を強化するものだと想像出来る。

だが、【強化】は一つ上昇させるのに百ポイント必要なのに対し、【身体強化】【魔力強化】は十ポイントと少ない。

「何が違うんだろう？」

試しに透は、地面に落ちている小石を全力で投擲《とうてき》した。その飛翔《ひしょう》速度を確認し、【強化】を一つ上昇させる。
>>【強化】→【強化+1】
再び透は小石を手に取り、全力で投擲する。

「……うーん？」

あまり変化したようには見られない。

続いて透は垂直跳びを行った。十メートルはありそうな崖の上まで飛び上がるイメージを持って、全力で飛ぶ。だが、透は崖の上どころか、一メートルも飛び上がらなかった。ここへ来て、初めて飛んだ時と同じ程度である。

「全然変わってないっぽいなあ。なんでだろ？」

＋１程度では効果が低いのか、大きな変化が感じられない。とはいえ、一振り百ポイントだ。効果確認のために何百ポイントも振るわけにはいかない。

実験する前に、透は一通り必要と思われるスキルの確認を行った。

〈剣術〉〈魔術〉

はっきりと断定出来ないが、この世界は日本よりも命が軽い可能性が高い。己の身を守るために〈剣術〉や〈魔術〉を引き上げて損はない。

また身を守るために〈察知〉や〈思考〉も必要だ。日本にいるときと同じように、のほほんとしていたら死んでしまいかねない。

この世界で生きる上で最も必要なのが、〈言語〉だ。これは外せない。あとは趣味と実益を考えてスキルを選ぶ。

スキルをじっくり眺めていると、ふと異質なものが目に入った。

「……【魔剣】！」

魔剣とは一般的に、特殊な力を帯びた剣を差す。広義には魔法の剣。狭義には邪悪な力を帯びる悪魔の剣として用いられる。どのような性質を持つものなのか説明がないためわからないが、スキルボードで取得出来るようだ。

【魔剣】は修得に必要なポイントは、なんとたったの一ポイントだった。

「すごく格好いいけど……なんだか取れと言わんばかりのポイントだよなあ」

これは自称神が用意したスキルボードである。神はよく人間を試す。だからなにかしら、よくない仕掛けが施されている可能性がある。

「けど……うん、【魔剣】は惹《ひ》かれるんだよなぁ」

男性は何歳になっても子どもだ。正義とか伝説の武器とか、究極魔法とか、そういうものに弱い。

【魔剣】の誘惑にしばし抵抗した透だったが、最後はうきうきとスキルポイントを振るのだった。

○ステータス
トール・ミナスキ
レベル：１
種族：人　職業：狩人↓剣士・魔術師
位階：Ⅰ　スキルポイント：１０００↓４
○基礎
【強化＋５】

【身体強化＋５】【魔力強化＋５】【自然回復＋５】【抵抗力＋５】【限界突破★】

【ＳＴＡ増加＋５】【ＭＡＧ増加＋５】【ＳＴＲ増加＋５】【ＤＥＸ増加＋５】

【ＡＧＩ増加＋５】【ＩＮＴ増加＋５】【ＬＵＣ増加＋５】
○技術
〈剣術Ｌｖ４〉〈魔術Ｌｖ４〉〈察知Ｌｖ４〉〈威圧Ｌｖ４〉〈思考Ｌｖ４〉

〈異空庫Ｌｖ４〉〈無詠唱Ｌｖ４〉〈言語Ｌｖ４〉〈鍛冶Ｌｖ４〉
【魔剣Ｌｖ１】

どうやら取得したスキルも職業に影響を与えるようだ。〈剣術〉と〈魔術〉にポイントを振り分けた途端に、職業ががらりと変化した。

【限界突破】については一つ振っただけでカンストした。これはポイントを使ってアクティブにするだけで良いスキルのようだ。

【限界突破】の効果だが、今のところ何もわからない。振り分けてみても、体には特に異変が起こらなかった。体が動かしやすくなった気配もない。

「名前が凄そうだから振ってみたけど、失敗だったかなぁ」

【限界突破】は一振り百ポイントだ。そのポイントに見合う効果は、今のところさっぱり感じられない。

「うーん。レベルとかスキルが頭打ちになってから【限界突破】に割り振ったのでも良かったかもなあ」

軽く後悔するが、振ってしまったものは仕方がない。透は潔く諦める。

スキルを振って、透が気になったことがあった。

まず、スキルについている数値の上限だ。現時点で上限がわからない。十までなのか、十以上あるのか。スキルボードにはヒントさえ出現していない。

次に、スキル上昇に必要なポイント数の変化だ。

【強化】や【自然回復】などは、いくつ振っても最初と変わらないポイント数を求められた。

だが【ＳＴＡ増加】や〈剣術〉などは、レベル一が一ポイント。レベル二が二ポイント。レベル三が三ポイントと、徐々に必要ポイント数が増えていった。

最後に、表記だ。

基礎スキルは『＋』表記なのに対し、技術スキルは『Ｌｖ』表記だ。この違いがどこにあるかは、やはり不明だ。

「少しくらい説明があってもいいのになあ」

スキルボードは実に不親切設計である。制作者にはユーザー無視だと文句を言いたい。

早いところ、自称神に会う方法を見つけねば。そう透は心に誓った。

ポイントを振り分けてから、大きな変化が感じられたのが技術だ。

〈察知〉を上げた途端に、いままで感じられなかった微細な変化が感じられるようになった。

〈魔術〉については、現時点で使用出来なかった。

「魔術が使えないのに魔術師とはこれ如何に？」

当然の疑問である。しかし、通常は鍛錬を続けて上昇する技術を、スキルボードで上げてしまったため、このような不思議な状態になっているのだ。

使えないのは透が問題なのであって、スキルボードに文句を言っても仕方がない。

魔術の使用には何か特別な手順があるものだと推測出来たが、地球人である透は魔術を見たことも使ったこともない。八方塞がりである。

〈言語〉は言わずもがな。これがないとこの世界で生きて行けない。とはいえ、現在は話し相手がいないので、〈言語〉が正しく働いているか確かめようがなかった。

「これで〈言語〉が、会話の技術じゃなかったらガッカリだなあ」

折角スキルを振ったのに、誰とも言語で意思疎通が出来なかったら笑えない。

〈鍛冶〉は完全に趣味である。そのうち自分専用の装備が作れたら良いな、という思いで取得してみた。しかし、いつ自分専用の装備が作れるか、まったくわからない。いま振る必要はなかったかもしれないと、透はやや後悔している。

〈異空庫〉はいわば、ゲームのインベントリと同じ性質だった。小石を手にして『入れ』と念じると、小石が〈異空庫〉に収納される。〈異空庫〉から出したいときは、出したいものをイメージして『出ろ』と念じるだけで良い。

〈異空庫〉は、沢山の荷物を一度に運べる利点がある。今後、透が世界を旅するにせよしないにせよ、持っているだけで生活の質《QOL》がぐんと上がる能力だ。

そして最後に、【魔剣】だ。

【魔剣】にもプラスの上昇値が付いている。【魔剣】をアクティブにするのに必要だったポイントが一。対してＬｖ１からＬｖ２に上げるために必要なポイントは千だった。

「一と二にそこまでの差があるのかな？」

透は、スキルポイントはレベルの上昇とともに取得出来るだろうと推測している。スキルを取得するタイプのゲームが、大抵そういうシステムだったためだ。

（千ポイント溜《た》めるまでに、どれくらいレベル上げしなきゃいけないのかなあ……）

レベルによる違いを比較してみたい気持ちはあったが、【魔剣】レベルを上げるよりも、基礎や技術レベルを上げた方がパフォーマンスは上かもしれない。基礎や技術レベルを上げて、もしポイントが余ったら、試してみようと心に決める。

問題は、基礎スキルだ。

「うーん？」

基礎スキルに振れるだけ振ってみたが、現時点で大きな肉体的変化は感じられない。何度か振りながら石を投げてみたが、投石速度の上昇は確認出来なかった。

「レベルに対して、ステータス補正がかかるスキルなのかな？　いや、もしかすると＋5程度なら誰でも取得してる一般的なスキルかもしれないか……」

スキルボードは自称神から授かっただけあり、レアアイテムである可能性が高い。それでもスキルの項目そのものは、透だけのものでないと容易に推測出来る。どうでも良い項目があるのがその証左だ。

もしスキルさえも透専用ならば、〈肉眼ウェイト〉、〈リフティング〉などを紛れ込ませた自称神の思惑が気になるところである。

さておき、スキルボードは世の中にある基礎スキルや技術スキルを可視化し、ポイントを振り分けられるようにするアイテムだ、と考えるのが自然だ。ならばスキルボードを使わずとも、スキルを上昇させる方法――たとえば、鍛錬の積み重ねにより自然上昇する可能性は十分ある。

「この世界の人って、どれくらい強いんだろう……。スキルレベル百とかいたりして」

透はその圧倒的な差に、ぶるりと体を震わせた。

現状、何もかもが手探りだ。

だが、わからないは、面白い。

「いいね」

透の口角がニッとつり上がった。

予め、何が出来るかわかった世界で生きるより、何が出来るかわからない世界の方が、何倍も面白い。

『出来ることの不明瞭さ』は、そのまま『なんでも出来る可能性』なのだ。

透が異世界での新たな生活に胸を高鳴らせていた、その時だった。

透の〈察知〉になんらかの気配が引っかかった。同時に、鋭敏になった聴覚がモゾ……モゾ……という音を拾う。

「……これは、人じゃないよなあ」

〈察知〉で把握出来る相手は、人間とは明らかに形が違っている。透は油断なく身構えた。

洞窟の奥。光の届かぬその先から、巨大な何かが這《は》いずって来た。

「芋虫？　にしてはデカすぎ……」

見た目は芋虫だが、サイズが何十倍もあった。虫嫌いが見れば卒倒するに違いない。

「まさかこの世界の虫全部が巨大サイズ……なわけはないよね？」

巨大な蜘蛛《くも》やムカデが跋扈《ばっこ》する世界なぞ、不思議の国も真っ青である。そんな世界でないことを、透は願わずにはいられない。

それまでもぞもぞと動いていた芋虫が、地面に出来た血だまりに反応した。

透（正確には体の元の持ち主だ）が流した血だ。口だろう先をスンスンと血だまりに這わせ、そして透を見た。

「――ッ⁉」

ゾッと背筋が凍り付いた。

自らの感覚に逆らわず、透はバックステップ。

目と鼻の先を芋虫の口が通り過ぎる。

芋虫の口は、まるで収穫時期の栗《くり》のいがのようにパックリと三つに割れていた。その口の奥には鋭い牙が、ヤスリの如く無数に並んでいる。

もし透がその場に立ち尽くしていれば、早々に第二の人生を終えていたことだろう。

当然ながら、透には相手の攻撃を咄嗟《とっさ》に避ける力などなかった。死地を回避出来たのは、〈察知〉と〈思考〉のおかげである。

「きちんとスキルを振っておいてよかった！」

もしスキルを振る前にこいつに出会っていたら……。それを考えるとブルリと透の背筋が震えた。

芋虫は再び攻撃態勢に入った。

芋虫から攻撃を受ける、その前に。

「いでよ【魔剣】」

透は顕現させた。

現れた【魔剣】は刃渡り七十センチ程度。幅五センチから十センチほどの、軽い反りが入った片刃の長剣だった。

刀身は黒く、所々に赤い文様が入っている。

光を吸収するほどの漆黒を掲げると、音なき音が洞窟内部に木霊した。

その震えは芋虫に伝播《でんぱ》。

攻撃態勢に入っていた芋虫の体が強ばった。

「――しっ！」

その隙を、見逃す透ではない。

透は〈剣術〉スキルの補助通り体を動かす。

一度も剣など持ったことがないとは思えぬほど、透の動作は流麗だった。

透は芋虫を斬り、背後に抜ける。

一瞬の接触で、透は芋虫を三度斬りつけていた。

透が自らの足を止めた。その微かな音とともに、芋虫の体は四つに分かれた。

背後でドシャ、と湿った音が響いてやっと、透は緊張の糸を緩めた。

振り返ると、四分割された芋虫が――。

「おうっふ」

グロテスクな亡骸をうっかり直視し、透は慌てて視線を外した。

「この【魔剣】、すごいな……。まるで手応えが感じられなかった」

もちろん〈剣術〉スキルのフォローのおかげもある。初めて剣を扱ったというのに、一切違和感なく動けた。

透は剣術に関してズブの素人だ。スキルがなければ刃を立てられずに鈍器の如く剣を打ち据えていたか、あるいは剣が空振りしていたはずだ。

透は手を握ったり開いたりして、感覚を確かめる。

他人の体に乗り移ったばかりで、「これが自分だ」という感覚がいまいち摑《つか》めない。まるで夢の中にいる気分だった。

「これが夢だったら良かったんだけどなあ」

実は穴になんて落ちていなくて、透は過労で倒れて路上で眠ってしまっていた。目が覚めると東京にいて、明日仕上げる予定だった仕事に晩まで追われて……。

きっと明日だって終電帰りだし、下手をすれば会社に寝泊まりすることになる。

上司にドヤされ、奴隷のように働き、肉体と精神をすり減らしながら手にした給料は、ほとんどが生活費に消えて……。

「――こっちが現実で良かった！」

思い返した日本の光景に地獄を見て、透は手の平をクルッと百八十度翻した。

透には恋人や妻、子どもはいない。自分を地球につなぎ止めていたのは仕事だけだった。一旦仕事から離れてみると、もう一度戻りたいとも思える居場所でないことに気がついた。

「……うん」

拳を握りしめ、透は力強く頷《うなず》いた。

もう、後戻りは出来ない。

ならば、ここで生きて行く。

そうと決まれば、まずは体を馴染《なじ》ませる作業である。

丁度良い手合いが、再び洞窟の奥から――今度は群れで現れたところだった。透は【魔剣】をブンッと振り、口を斜めにする。

背筋がゾクゾクッと、沸き立つように震えた。

「そんじゃ、すこしばかり相手になってもらいますか」

呟いて、透は芋虫の大群に向けて切り込んだ。

その顔に、満面の笑みを浮かべながら。


一体どれほどの芋虫がいただろう。

透はぜぇぜぇと荒い呼吸を落ち着かせながら、辛うじて芋虫の体液に濡《ぬ》れていない地面に腰を下ろした。

鍾乳洞の奥からは、尋常ならざる量の芋虫が現れた。地球にいた頃の透であれば、あっさり息切れして芋虫の群れに押しつぶされていただろう。だがこの体が若いからか、はたまた芋虫を斬る度に体が軽くなったからか、芋虫の群れを易々とはね除けることが出来た。

「はぁ……はぁ……。少しは、マトモに動けるようになってきた、かな？」

本来の自分のものではなかった体も、徐々に使いこなせるようになってきた。

ただやはり、小さな認識の齟齬《そご》はある。身長は同じ程度だが、体重や手足の長さなどの微妙な違いにまだ馴染めないのだ。狭い室内に入ると、あっさりタンスの角に小指をぶつけそうだ。

「……そういえば、ステータスにレベルがあったな」

その項目を思い出し、透はスキルボードを呼び出した。すると、

○ステータス
トール・ミナスキ
レベル：1↓8
種族：人　職業：剣士　副職：魔術師
位階：Ⅰ　スキルポイント：4↓74

レベルが七つ上がっていた。以前より体が軽くなった原因はこれだ。

レベルアップのおかげで、スキルポイントも増えていた。

「スキルポイントは一レベルあたり十ポイント増加か」

これで新しいスキルを確保する目処がたった。だが、【魔剣】のレベルを二にすることは非常に困難を極める。なんせレベル一つにつき十ポイント増加なのだ。千ポイント稼ぐには、今後一切ポイントを使わずに、レベルを百まで上げなければならない。

現在芋虫を大量に倒して、レベルが七つ上がった。このままのペースならば、十四倍の量の芋虫を狩ればレベル百になる。

だが、そうは問屋が卸さない。レベルアップに必要な経験値は、徐々に増えていくと相場は決まっているのだ。簡単にポイントが稼げる可能性は低い。

「さすがに、レベル百はなぁ」

レベル百は、ゲームなら一つの頂である。他のスキルに一切振らずに頂を目指すなど、透には現実的だとは思えなかった。

この世界の平均レベルが百で、頂がもっと高いのなら話は別だが。もしそうなら、透はそんな厳しい世界に降ろした神を呪うだろう。

「他にもポイントが稼げる方法があるのかな?」

ないとは断定出来ない。現状、透はこの世界のことも、スキルボードのことも、何も知らないのだから。

「よしっ」

呼吸が落ち着いたところで、透は立ち上がり崖を見上げた。

ここまで来て飢え死になんて情けない。空腹で動けなくなる前に洞窟を出る。

出入り口で一番近いのは、崖の上だ。崖を上がって少し行ったところに、鍾乳洞の出入り口がある。しかし崖は透五〜六人分——約十メートルはあろうかという高さがあった。

この崖を使わないとなると、洞窟の奥に別の出入り口がある可能性はある。

探検ともなれば、男の子は誰しも心躍るものである。だが透は洞窟探検をする気が起こらなかった。奥へ行っても芋虫に行く手を阻まれるだろうし、何より嫌な雰囲気を感じるのだ。

レベルアップして感覚が鋭敏になったためか、透はその気配を感じられるようになった。

わざわざ近い出口を無視して、嫌な気配のある奥へと進む勇気は透にはなかった。

透は改めて崖に向き直る。崖面は滑らかで、とっかかりが非常に少ない。普通の人間にはまず登れない崖だ。

ここを【魔剣】で斬りつければ、ロッククライミングの要領で登れる可能性はある。だが透はあえて、その方法を選ばなかった。

「すぅ……よっ！」

僅かに助走し、一気に地面を蹴って飛び上がった。途中で失速しかかるも、一度崖面を真下に蹴り上げ加速する。手を伸ばして崖の縁を掴み、一気に体を持ち上げる。

「よっこいしょっと！」

ややオヤジ臭いかけ声とともに、透は見事崖を登り切った。

「なんとなく出来そうな気がしたから試しにやってみたけど、まさか本当に登れるとは……」

地球では考えられない身体能力に、透は若干引いた。芋虫と戦う前の透でも、このような真似は不可能だった。レベルアップの恩恵は、透が想像していた以上に高かった。

「けど、これがこの世界の普通かもしれないしなあ。芋虫は大丈夫だったけど、身体能力お化けに出会ったら危ないかもしれない。気を引き締めていこう！」

鍾乳洞の出入り口に立った透の背中が、ゾクゾクと震えた。

それは幼い頃、畳んだ傘を剣に見立てて振り回していたときのような、あるいは上着をマントに見立てて肩にかけていたときのような……。テレビで見たヒーローの決め台詞に合わせてポージングしていたときのような、熱い思いが体中を駆け巡る。

――この先には、自分の知らない世界が広がっている。

何があるのか。何が出来るのか。どんな未来が待っているのか。

想像するだけで、いても立ってもいられない。

透は堪えきれずに、満面の笑みを浮かべた。

「よしっ、頑張るぞっ‼」

様々な期待と小さな希望を胸に、透は鍾乳洞から一歩、外の世界に足を踏み出したのだった。

洞窟の外は、深い森の中だった。都会では感じられない濃密な土と木の香りに、透は胸いっぱい息を吸い込んだ。

草木が繁茂していて、かなり見通しが悪い。だが透は、自分がどこへ向かえば良いのかなんとなくわかった。見知らぬ場所なのに、向かう先がなんとなくわかるのは、どうにも不気味な感覚である。

「前の人の記憶かな」

以前の持ち主の記憶がまだ、薄らと残っていたのだ。

試しに透は目を瞑《つむ》り、残された記憶を読み取ってみる。

読み取れる記憶は、僅かなものだった。ほとんど穴だらけだったし、おまけに整合性もない。

根気強く記憶を読み取っていくと、突如透の目から涙がこぼれ落ちた。

「あ……あれ？　なんだこれ？」

涙はまるで蛇口が壊れたように、次から次に溢《あふ》れ出した。

透自身は、感動したり哀しんだりはしていない。体が、記憶の何かに反応したのだ。

（こんなに涙を流すなんて。一体、この体の持ち主にどんな悲しいことがあったんだろう……）

涙が止まるのを待って、透は記憶から読み取った情報の整理を行った。

まずこの世界が『エアルガルド』という名前であること。体の持ち主がリッドという名前だったこと。リッドが住んでいたのは、名前のない小さな農村であることがわかった。

そして、リッドが死んだ原因だ。

リッドの両親はすでに他界していた。両親が失われてから、リッドは一人で生きてきた。ごく希に農家の手伝いをすることもあったが、多くの場合リッドは森で狩りをして糊口《ここう》を凌《しの》いだ。

リッドは村の中で孤立していた。孤立の原因は見た目だ。

「忌み子、ね」

呟きながら、透は自らの前髪に触った。透の髪の毛は黒かった。また、透には見えないがこの体の瞳も黒である。

対して村人の中に、瞳と髪が黒い者は一人として存在しない。ただ自分たちと瞳と髪の色が違うというだけで、リッドは『忌み子』と呼ばれ、村人から距離を置かれていたのだ。

このまま村に行っても良い予感がしない。だが、透は現在背中が血まみれだったし、芋虫の体液も付着している。さらには若干空腹を感じ始めてもいた。

ここから別の場所に向かうにしても、着替えと食糧の確保はしておくべきだ。

「まあ、なるようになるさ！」

人生出たとこ勝負だ。透は不安要素を棚上げし、リッドの故郷である名も無き村に向かった。


歩いて三十分もしない場所に、リッドが暮らした村はあった。簡単な防護柵に囲まれた村には、中心部に建つ一際大きな家を囲うように、二十軒の家が並んでいた。

家はどれもが木造で、ラグビー選手がタックルを入れれば倒れそうなほどボロボロだ。

村の主な生産品は麦だ。村人はここで暮らしながら、村の外にある農地へと働きに出る。

現在働き手である男性は、村の外で野良仕事を行っている。村に残っているのは女性と子ども、そして手足が動かない老人たちだけだった。その誰もが透の姿を見ると、まるで渋柿でもかじったような顔をして視線を逸らした。

そうして村人は透を避けるように、足早に自宅へと戻っていった。

村に入ってからものの一分もせずに、透の見える範囲から人の姿が消えた。

「こりゃ酷い。リッドはよくここで頑張ってたな」

もうこの世にはいないリッドに向けて、透は敬服の念を抱く。透がここで暮らしたなら、一週間と経たずに村を出る決心を付ける。

透の足は、迷わずリッドの自宅に向かった。周りの家よりもさらにオンボロな家に入ると、鉈《なた》が一本、それに弓と矢があるのが目に留まった。

家具はないし、布団もない。生活に必要なものがほとんどないため、まるで空き家のようである。

家の隅っこに、布の切れ端があった。切れ端はすべて繋《つな》がれている。パッチワークにしてはずいぶんとみすぼらしい。リッドはこのつぎはぎを、布団代わりに使っていたのだ。

「リッド……よく生きてたな……」

不覚にも、少しばかり涙ぐんでしまった。

透は修復跡だらけの桶《おけ》をもって、村人共用の井戸に向かった。透が井戸を訪れると、再び外に姿を現していた村人が、逃げるように家の中に駆け込んでいった。

「ここまで徹底してると、逆に面白いな……」

透がわざと近づいたり離れたりを繰り返したら、彼ら彼女らはやはりその都度家を出入りするのだろうか？

だとすればもはやギャグである。

己が想像した酷く滑稽な様子に笑い出しそうになりながら、透は井戸水を汲《く》んだ。自宅に戻り、その水で体を丹念に洗い、新しい衣服に着替えた。

「ああ……スッキリ」

背部に感じていたベタベタ、パリパリ感がなくなって、透は大きく伸びをした。まるで生き返った気分だった。

残念ながら、衣服の替えは一つしかなかった。血に濡れた服をしばし見つめて考えたあと、透はその服を置いて行くことにした。

リッドは狩猟で生活していたため、肉類を備蓄していた。天井に吊《つる》された干し肉を一枚取り、かじる。

「おっ、味はまずまず。胡椒《こしょう》が欲しいけど、まあそれは無理か」

かなり野性味のある味だが、不味くはなかった。透は干し肉をかじりながら、残りを〈異空庫〉に放り込んでいく。

さらに弓矢と鉈を放り込む。【魔剣】を持つ透には不要な武器だが、透にはお金がない。もちろんリッドもお金など持っていなかった。

無から金は生み出せない。リッドには悪いが、武器は換金用にする。売値が二束三文でも、ないよりマシだ。

干し肉を食べ終えて、透は家全体を見回し、目を閉じる。

リッドの代わりに、透は祈った。

リッドの思いを、家と、家を建てたリッドの両親に向かって。

「お世話になりました」

○

昼食を取りに畑から戻ってきたクレマンは、見覚えのある黒髪黒目の少年の姿を発見してギョッとした。

「……嘘《うそ》だろ」

その少年は、ここの村人であり、忌み子と呼ばれた男——リッドだった。彼はクレマンらが今朝、鍾乳洞の崖から突き落とした相手でもある。

高さは十メートルほどあったし、決して這い上がれるような崖ではなかった。それに、リッドの頭は落下の衝撃で割れていた。

——少なくともクレマンが見た限りでは致命傷だった。

なのに何故、リッドはこの場所を彷徨《うろつ》いているんだ？

「お、おい、あれってリッドだべ？」

「なんで生きてんだよ……」

クレマンと共に戻ってきたロベールとタックが、それぞれ唇を震わせた。

「あいつ、死んでなかったのか」

「頭から落ちて血ぃ流してたよな？」

「ああ。なのになんで生きてんだ……？」

クレマンらがリッドを崖から突き落としたのは、彼が忌み子だからだ。

黒髪黒目はこの村に、災いをもたらす。そう、村の長が口にしていた。

実際、リッドが生まれてからというもの、村の麦の収量が減った。また村が魔物に襲われる回数も増えているという。

実際のところ、本当に収量が減っているか、魔物に襲われる回数が増えているかなんて、学のないクレマンたちにはわからない。だが、村の長がそう口にしたなら、間違いない。

村によくないことが起こるのは、リッドのせいだ。リッドさえいなくなれば、すべてが上手く行く。それが、村人の共通認識だった。

クレマンらは、村のために立ち上がった。

まずは、忌み子を産んだリッドの両親を排除した。忌み子を村にもたらした罪は大きい。その血と死をもって、リッドの両親には償ってもらうのだ！

クレマンら三人は両親を、精霊が宿ると言われる洞窟におびき寄せ、崖から突き落とした。

クレマンらがリッドの両親に手を掛けたことは、瞬く間に村中に広まった。だが、彼らは一切お咎《とが》めを受けなかった。

何故ならそれは、村のためだからだ。

ゴミや悪人や劣等人《クズ》を処分しても、怒る者などどこにもいない。それと同じで、リッドを処分したからといって、この村に異を唱える者などいないのだ。

正義は自分たちにある。自分達の行動には、一切間違いはないのだ。そう、クレマンらは考えた。

両親の殺害が成功した。あとは、忌み子本人だけである。

クレマンらは同じようにリッドをおびき寄せ、隙を衝いて崖から突き落とした。

リッドは頭から血を流していた。確実に死んだ、と思った。だが、彼は現在クレマンらの前に、再び姿を現した。

「……やっぱりあいつ、呪われてんだべさ」

三人のうちの誰かが、震える声でそう呟いた。

殺しても死なない。その可能性が、クレマンの心胆を寒からしめた。

「あいつは悪魔だ。生きてて良い存在じゃねぇ」

「ああ、今度こそ確実に殺《や》る！」

「あいつを殺して、村に平和をもたらすんだ！」

クレマンらの気分は、完全に勇者のそれであった。

しかし、口々に殺すと呟く勇者がいるだろうか？　これは本当に正しい行いなのだろうか？　そんな疑問は、胸中から湧き上がる〝声〟に、あっという間にかき消された。

クレマンらは狙いを定めた。目を血走らせ、リッドの家に向かう。

扉を一気に開き、中にいるリッドを三人で袋叩《ふくろだた》きにした。彼が動かなくなったところで頭に布をかぶせる。

「昼からまた野良仕事がある。さっさと鍾乳洞に捨ててくるぞ」

「ああ」

「おう」

身動きをとらないリッドを、ロベールとタックが抱え、クレマンが先導する。

〝殺せ〟〝殺せ〟〝殺せ〟〝殺せ〟

「殺す、殺す、殺す、殺す、殺す」

駆け足で鍾乳洞に向かうクレマンらの口からは、泡とともにそのような呟きが漏れていた。だが誰一人、自分が何を呟いているのか気づかない。そんなことよりも、リッドを確実に殺めることしか考えていなかった。

鍾乳洞の崖の前に到着した。あとはリッドを落とすだけだ。

そう思ったクレマンの背後から、

「何をするのかと思えば、また同じ方法での殺害か。学習しないんだね」

リッドの声が聞こえた。

○

家を出ようとしていた透は、突如家に押し入ってきた男三人組に袋叩きにされた。

「――ッ⁉」

一体何が起こったのかわからず、透は激しく混乱した。だが、混乱はすぐに収まった。

男たちの攻撃が、全然痛くなかった。多少の衝撃はあったが、赤子にペチペチ叩かれている程度の痛みしかない。

己の命の危険がないとわかった透は、冷静に相手を観察した。

家に押し入ったのは、二十代後半から三十代前半くらいの男性だった。髪色が村人と同じ赤で、体つきはリッドのそれよりも逞《たくま》しい。

相手を刺激しないよう、透はこっそり相手の顔を伺った。

（――ひえっ⁉）

その男たちの形相に、透は息を飲んだ。目が血走り、口角には泡が溜まっていた。形相は鬼と呼ぶに相応《ふさわ》しい。彼らの雰囲気は、異常だった。

実際、〈察知〉スキルが彼らの中に人間とは別の何かがあると感じ取っていた。

透に襲いかかってきた男三人組については、リッドの記憶が教えてくれた。クレマン、ロベール、タックという名の村人だ。

彼らは今朝、リッドを殺害したメンバーだ。

そして、リッドの両親を殺害したメンバーでもある。

それを記憶が教えてくれたとき、透の脳内がシンっと静まりかえった。冷静になった透の裏で、

〈思考〉がカチカチ高速回転を始める。

（こいつらがおかしいのは、誰かに操られてるからか？）

透には彼らが、ただの村人とは思えなかった。この世界には魔術がある。魔術で出来ること、出来ないことについて透はほとんど知らない。だが人を操る魔術はあるかもしれないと考えられる。故に、透は気を失った振りをした。このまま彼らに殴られ続けても、透は死ぬことはない。ならばと透は、しばし成り行きに身を任せ、彼らが何をするのか見極める。

このまま武器を使って殺そうとするなら、そのときに逃げれば良い。だがもし、彼らが人を操る魔術を使う何者かの元に向かうなら……。体を貰ったリッドのために、透はそれを確かめねばなるまい。

男たちが何ごとか、ボソボソと呟いている。聞き耳を立てると、「殺す」と一言だけ延々と繰り返していたので、透は再びぞっとした。

（なにこれこわい！）

怯《おび》える反面、透は〈言語〉がきちんと機能していることに胸をなで下ろす。相手と会話が出来るか不安だったが、これで片方が解消された。透が初めて耳にしたエアルガルド人の第一声が「殺す」とは、なんとも幸先《さいさき》が悪い。

あとは、相手に言葉が通じるかどうかだけだが……。

（この人たち、まともな会話が出来るのかな？）

そんな懸念を抱かずにはいられなかった。

しばらく身を任せていると、透は先ほどの鍾乳洞に戻ってきたのを感じた。

（裏は、なかったか……）

どうやら透は、深く考えすぎていたらしい。彼らは指示など受けていなかった。彼らは彼らの意思で、リッドとその両親を殺したのだ。

己の予想が外れていたことに落胆しつつ、透は手早くロベールとタックの拘束から抜け出した。

「何をするのかと思えば、また同じ方法での殺害か。学習しないんだね」

「……あ、えっ？」

透の声に、振り向いたクレマンが呆けた顔をした。

「お、おい、ロベール、タック！　リッドが目を覚ましてるべや！　なしてちゃんと拘束しとかなかったんだ!!」

「し、してたさ！　けど、気づいたっけ、こいつ手から抜けてて」

「くそっ！」

ギリッ。クレマンから、奥歯を噛《か》む音が響いた。

「リッドのくせに、いい気になんなよ？　こっちは三人で、お前は一人。多少抵抗したところで——」

クレマンが殺意をチラつかせた。

次の瞬間。クレマンの横にいたロベールの姿がかき消えた。

「うわぁぁぁぁぁ!!」

「「――ッ⁉」」

ロベールが崖から落下した。地面に頭から落ち、ゾッとするような音を立てて頭蓋骨がぱっくりと割れた。

「これで二対一だね」

「……ッ！」

クレマンは、リッドが何をしたのかまったくわからなかった。結果から、リッドがロベールを崖から蹴落としたのだろうことはわかる。

しかし、クレマンの知るリッドは決して強くはない。クレマンら三人で囲めばあっさり叩き潰せる程度の男だった。

かたや、野良作業で鍛えた力のある大人。

かたや、野良作業から外され食べるものにも困っていた少年。

常識的に考えれば、前者の方が腕っ節が強いに決まっている。故に、クレマンは事実を受け入れられなかった。

「お前、一体何をした」

「何って、君たちと同じことをしただけだよ」

じろ、とリッドがクレマンを見た。その瞳に、クレマンの体が凍り付いた。

リッドの顔には、憎悪も殺意も何も浮かんでいない。ただ、人を人とも思わない目で、クレマンらをじっと見ていた。

もしかすると自分は、決して手を出してはいけない者に手を出してしまったのではないか。それに、気づくのが遅かった。どうすべきか考えている間に、タックも崖の下に落ちていった。

肉を叩く嫌な音が鍾乳洞に響き渡る。その音に顔をしかめ、しかしクレマンはリッドから目を離さない。

「忌み子のくせに……！」

「だから何？　目や髪の色が自分と違っていたら、殺しても良いの？」

きょとんとして首を傾げたリッドの手には、いつの間にか真っ黒な剣が握られていた。その剣を見た途端に、言い知れぬ恐怖を感じクレマンは背筋を震わせた。

〝アレには、触れてはいけない〟

クレマンの中の〝声〟が、逃げろと叫んだ。

「なら、君は僕と違う色だから、僕は君を殺しても良いってなるよ？」

「…………」

既に、クレマンの喉からは声が出なくなっていた。リッドの眼光がもたらす圧倒的な威圧感に飲まれ、身動き一つ取れない。

（俺は一体、何の前に立っているんだ……）

もしこの世に神がいるのなら、きっとこのような眼をしているだろう。圧倒的な気配が、クレマンの体の自由を奪った。

「う、うおおおおお!!」

しかしそれでもクレマンは、声を張り上げ必死に体を動かした。

相手は邪神や死神ではない。リッドだ。人間だ。

なんとしてでも、コイツは殺さなければならない。

(殺す！　殺す!!)

〝殺せ〟

〝壊せ〟

〝全てを闇色に染め上げろ〟

心の中からの声に従い、クレマンがリッドに飛びかかった。

だが、

「あ、へ？」

胸に激しい衝撃を受け、気がつくとクレマンは落下していた。

それとほぼ同時に、これまで心を埋め尽くしていた声が、綺麗《きれい》さっぱり消えた。まるで、そんな声など最初から聞こえていなかったかのように。

地面に衝突したクレマンは、その痛みに気を失いそうになりながらも、崖の上を見上げた。

黒い剣を手にして崖の下を見下ろすリッドの姿が、クレマンは何故か自分が知っているリッドとは、まったく別人に見えた。

○

クレマンら、三人の目には尋常でない殺意が浮かんでいた。

透は大きな芋虫と戦い、ある程度殺意には慣れていた。だが、彼らの殺意は別物だった。まるで人間とは思えぬほど、殺意が黒々と渦巻いている。

（もしかして、この世界の人って、こんなに危ない奴らばっかりなの？）

透は内心、ヒエエと怯えた。地球にいた頃の透ならば、腰を抜かしていたに違いない。

反面、透の胸の内で得体の知れない衝動が生まれていた。その衝動は、

「リッドのくせに、いい気になんなよ？　こっちは三人で、お前は一人。多少抵抗したところで――」

クレマンの言葉で、正体不明の衝動が爆発した。透は衝動に任せて、崖からクレマンら三人を蹴落とした。

蹴落とす際に、透は彼らを【魔剣】で浅く斬りつけもした。血の臭いにひかれてやってくる芋虫をおびき寄せるためだ。

しかし、

「あれ、変だな。ちゃんと斬ったはずなんだけど」

透が振り抜いた【魔剣】は狙い通り、三人の手首を斬った。

微かだが、手応えもあった。もし透の【魔剣】が刃物としての真価を発揮していれば、今頃彼らの手首は体から泣き別れていたはずだ。

だが、彼らの手首はまだ体に付いていた。【魔剣】が体を通り抜けたのだ。

「なんでだろう?」

透はいささか困惑した。芋虫を散々斬ってきたが、このようなことは起こらなかった。

「んー。まっ、いっか」

透は疑問をペイッと放り投げた。

【魔剣】で切り傷を付けられなかったものの、落下によってロベールの頭が割れた。ぱっくりと割れた頭からは、出てはいけないあれこれがあふれ出している。これなら、透の狙いは十分達成出来る。

崖下に落ちてもクレマンだけは、打ち所が良かったのかほとんど怪我を負っていなかった。だが、先ほどとは態度が打って変わって大人しい。

「り、リッド……なんだ、これは、どういうことなんだ?」

尋ねるクレマンの表情は、まるで記憶喪失になってしまったかのようだった。彼が先ほどまで纏《まと》っていた、黒々とした増悪が綺麗さっぱりかき消えてしまっていた。

立場が逆転したため、下手に出ているのか? そうは思ったが、それだけではないようにも見える。

(僕に突き落とされたとなると、さらに怒り出しそうなものなんだけどなあ)

「お、おいリッド、答えろよ!」

「クレマン、君たちはどうしてそこにいるのか、本当にわからないのか?」

「わからねぇから聞いてんだべさ！」

「はっ。僕を殺そうとしたことも、実際に崖から突き落としたことも、クレマンは覚えてないのか？」

「そんなこと俺ら……が……えっ？　なして俺ら、リッドを殺そうとしたんだ⁉」

やはり、様子がおかしい。彼らには、透を騙《だま》そうとする雰囲気はいっさいない。まるで、直前までのことを忘却したかのように、慌てだした。

しかし透は、ここで彼らの異変の正体を確かめることはしない。彼らがなんの罪もないリッドと両親を殺したのは事実だ。そして、透をも殺そうとした。

ここは地球ではない。異世界だ。透が彼らを救わなければいけない義理はない。

「な、なんだこの音。なんかいるのか？」

モゾ……モゾ……と、小さな音を立てて、洞窟の奥から芋虫の大群が現れた。

「な――」

辛うじて意識があるタックが芋虫の出現に呆然《ぼうぜん》とした。

「くそっ、なんだこいつらッ⁉」

対してクレマンは一人、慌てて崖に近づいた。

「り、リッド頼む、助けてくれ」

「君は過去に、リッドに同じ事を言われて助けたの？」

「そ、それは……」

「リッドはただ、生きたかった。誰にも迷惑かけずに生きて行こうとしていたはずだよ。だが君たちはそれを拒んだ。一方的に因縁を付けて、崖の下に落として命を奪ったんだ。そんな奴らを、僕が何故助けなきゃいけないの？」

「だ、だからって、なして俺らを突き落とした⁉　お前が生きて行きたいだけなら、俺らを突き落とす必要はなかったべさ‼」

「ただ生きて行こうとした人を、突き落とした奴が言う台詞じゃないね。それに――」

透は胸の内に遺る、リッドの思いを言葉に乗せた。

「君は自分の両親を殺した殺人鬼を許せるの？」

「……ぐっ」

「答えは出たね」

「くそぉぉぉぉ‼」

クレマンは気合の声とともに、芋虫に向かって走り出した。

拳を握り、芋虫目がけて打ち付けた。

筋力に任せた拳の勢いには、目を見張るものがあった。

だが、

「――なっ⁉」

芋虫の皮膚はクレマンの拳をあっさりはじき返した。

一切の痛痒《つうよう》を見せず、芋虫がクレマンに狙いを定めた。

芋虫の口が、パカッと三つに割れた。

「た、たす――」

終わりは一瞬だった。

芋虫がクレマンの頭部を食いちぎった。

「うわぁぁぁぁぁ!!」

クレマンがあっさり死んだことで、タックがパニックに陥った。だがその悲鳴も、芋虫をおびき寄せる結果となる。

声に引きよせられるように、洞窟の奥から大量の芋虫が続々と姿を現した。

「うわっ、まだあんなにいたのか」

透は芋虫を大量に倒していたが、まだまだ序の口だったようだ。透が倒した以上の芋虫が、あっという間に崖の下を埋め尽くした。

「たす、け……あっ、あっ、あっ……」

助けを求めたタックが、外側からジワジワかじられる。頭が割れたロベールも、アッという間に食いちぎられた。クレマンの体はもうない。血痕だけ遺して芋虫の腹の中に消えてしまっていた。

二人の体が頭と胸を残して食べられた頃、

「――ッ!?」

一際嫌な気配が空間を満たした。透は反射的に【魔剣】を顕現させ構える。

洞窟の奥から、再び芋虫が現れる。

今度は一匹だけ。しかし他のものよりも、数倍大きい。

「芋虫の親かな。このまま放置すれば、外に出てくるかも？」

現在はまだ、芋虫は崖を越えられない。だが数が増えれば芋虫が積み重なり、いずれ十メートルの崖を越え――氾濫《スタンピード》する。

スタンピードしてしまえば、近くにある村は間違いなく壊滅する。

透は、直接リッドに手を下さなかった村人に恨みはない。二度と関わりたくはないが、死ねば良いと思うほどでもない。出来ることなら芋虫をすべて倒して、スタンピードを未然に防ぎたかった。

だが透は行動を起こせなかった。透の〈察知〉スキルが、先ほどからあの芋虫とは決して戦ってはいけないと警鐘を鳴らしているのだ。

芋虫の親は透を尻目に、子ども達が確保した餌を口に運んでいた。

バリバリ、バリバリ。咀嚼《そしゃく》する音が洞窟内部に響き渡る。

一見すれば隙だらけだ。だが、それは透の――地球人としての判断だ。透はエアルガルドの人類や、魔物の強さをほとんど知らない。

無知は無謀を生む。だからこの世界の力である〈察知〉の声に、透は素直に従った。

「けど……っ」

黙って見過ごす訳にはいかない。透はその場で飛び上がった。

その瞬間に、芋虫の親がすかさず透を見上げた。あたかも『かかってくるなら相手にしてやろう』と言わんばかりに。

――やはり。

透には油断しているように見えて、親に一切の油断はなかったのだ。親を注視しながら、透は【魔剣】を一閃《いっせん》した。

瞬間、
破砕音。

天井にあったいくつもの鍾乳石が、一斉に落下を始めた。

鍾乳石は芋虫の子どもを押しつぶす。だが、まだ足りない。

「「「ピギャァァァ!!」」」

「もっと!!」

着地すると同時に再び舞い上がる。透は次々と鍾乳石を切り刻み、崖の下にいる芋虫たちに見舞っていく。

落下した鍾乳石が五十を超えた頃、崖の下から生物の気配が小さくなった。

「やったか……？　いや」

透は頭を振った。まだ足りない。微かではあるが、芋虫の気配を感じた。子はわからないが、親は間違いなく生きている。

鍾乳石を大量に斬り落としたため、崖の下から上までの距離が縮まった。この状態では透が手を下す前より、短い期間でスタンピードしてしまう。

だから透は洞窟を出て、出入り口に向かって【魔剣】を振った。轟音《ごうおん》が響き、洞窟の入り口の天井が崩れ落ちた。これで、簡単には出てこられまい。

「…………」

崩れ落ちた洞窟を前に、透は瞑目《めいもく》した。

「余計なお世話だったかもしれないけど――」

――君が望んだ仇は討ったよ。

そう、リッドの魂へと祈るのだった。

>>スキルポイント150獲得
>>称号【魂の剪定者《せんていしゃ》】獲得

2章　フィンリスの街で冒険者に

鍾乳洞《しょうにゅうどう》から立ち去る前に、透《とおる》は崩落した鍾乳石《しょうにゅうせき》を回収した。先端が光るそれが、もしかしたらそこそこの値段で売れるのではないか？　と考えたためだ。

「そこそこの値段でもいいから、売れればいいなあ」

子どもの石拾いと同じで、見た目が綺麗《きれい》なだけで価値がない可能性はある。だが運良くお金になれば、今後の生活が安定する。透がこれから何をするにせよ、まずは生活を安定させることが重要だ。

鍾乳石を〈異空庫〉に放り込みながら、透はクレマンらを斬りつけた時の異変について考えた。

「なんであのとき、剣がすり抜けたんだろう？」

試しに透は、自らの指を剣に当ててみる。すると、剣が透の指をあっさり通り抜けた。

「おおう⁉」

指が切れたと思って焦った透だったが、よく見ると指には傷一つついていない。

「……人間は切れない、のかな？」

その可能性はある。今後、人間と戦闘になった場合は注意が必要だが、そのような状況に陥ることだけは勘弁願いたい透だった。

鍾乳石を集めたあと、透は遺されたリッドの記憶をたぐり寄せて、村とは違う別の街に向かった。

そこは人口三万人を抱える国で一位二位を争う規模の街だ。それだけ大きな街であれば、透でも働ける場所があるはずだ。

街に向かって森の中を歩いていると、野犬の群れに遭遇した。

「「「グルルル……」」」

全部で十匹。灰色の体毛に覆われた、日本で一般的な犬よりも大きな野犬が、一斉に透に牙を剝いた。

十匹の野犬に威嚇されているというのに、透はまるで脅威を感じなかった。日本で生活していた頃の透ならば、確実に青ざめていたに違いない。そうならないのは、〈感知〉が〝ただの犬〟〝全然問題なし〟と告げているためだ。

〝むしろかわいい〟や〝飼いたい〟という欲望も同時にわき上がるが、相手は野犬だ。どのような病気を持っているかわからないため、近づかない方が良い。

「ちょっと練習しますか」

スキルボードでスキルを振り分けたが、現時点でまだきちんと使えていない技術が残っている。その中の一つである〈威圧〉を、透は全力で行った。

(多少野犬の動きを止められたらいいな)

透は野犬の集団を〈威圧〉する。

ズン、と森の空気が一変した。すると、

「「「「ヒャウゥゥン!!」」」」

野犬は一斉に甲高く鳴いて、森の奥へと逃げて行った。まるでお化けに出会った子どものような反応である。

「えぇぇ……」

〈威圧〉の効果は確認出来た。しかし透は肩を落とした。

「何もそこまで全力で逃げなくてもいいのに……」

野犬は透に一切手出し出来なかった。しかしその逃げ様で、小動物好きな透のメンタルに深いダメージを負わせたのだった。

野犬を追い払ったあと、透は歩きながら魔術の発動を試みる。だがやはりというべきか、どうやれば魔術が発動出来るのかがわからない。

「ファイアボール！」

試しにそれらしい魔術名を口にしてみるが、

「……」

何も起こらない。透の声が森の中に木霊しただけだ。

「…………」

恥ずかしい。透はしばしその場で顔を押さえて蹲《うずくま》った。

「ま、まあ魔術については何もわからないしね。失敗は仕方ない！　……でも、どうやって発動するんだろう？　こういうものって、大抵マナの巡りを感じ取るとか、イメージが大切とかいわれるけど……」

日本でよく見たファンタジーものの物語を思い出しながら、透は体内に巡るマナとおぼしき力を探す。だが、何も感じない。

そもそもマナそのものがよくわからないので、探しようがない。

「うーん？」

魔術というくらいなのだから、何かしら正しいやり方があるはずだ。色々試してみたが、結局透は魔術を使うことが出来なかった。

独力で出来るようになるにこしたことはないが、出来ないならば仕方ない。

「知ってそうな人に聞いてみるしかないか……とその前に」

念のために、透はスキルボードを顕現させる。

ここまで来て実は『〈魔術〉スキルにポイントを振り忘れてました』というオチではないことを確認するためだ。

「あれ、レベルが結構上がってるな」

○ステータス
トール・ミナスキ
レベル：8→15
種族：人　職業：剣士　副職：魔術師

位階：Ⅰ　スキルポイント：74→294

レベルが七つも上がっていた。

「んー、もしかして鍾乳洞の崩落であの芋虫を大量に倒したからかな？　……って、あ、あれ？　スキルポイントがめっちゃ増えてる！　えっ、でもどうして？」

レベル八までのスキルポイント取得数は、レベル一あたり十ポイントだった。だが、そこからレベル七つ分で二百二十ポイントも増加している。レベル一あたりに換算すると約三十一ポイントと、大変キリが悪い。

「増加ポイントに規則性がないなあ。何か、他に取得条件があるのかな？」

しばし考えてみるが、ピタリと当てはまる理屈が浮かばない。

「うーん。まっ、いっか」

考えてわからないことを、考え続けても仕方がない。これから生き延びる上で大切な力が運良く手に入ったと、前向きに考える。

ふと思いついて、透は【魔剣】を振った。【魔剣】が接触した大木が、音もなくズレ動き、倒れた。ズゥン……と大木が倒れた振動が、森の中に響き渡る。その音に驚いた鳥たちが、バタタと空高く舞い上がった。

「木は、普通に切れるか。やっぱり、切れないのは人間だけなのかなあ」

剣の性能が高すぎるから、安易に人の命が奪えぬよう制限が掛かっているのかもしれない。そう、透は納得する。

とはいえ、何が切れて何が切れないのかは、今後更なる解明が必要だ。ギリギリの戦闘中に相手の攻撃がすり抜けるともなれば、命に関わりかねない。

「まあ、そういう状況にならないのが一番なんだけどね」

透は念のためにと、大木を切り倒す。一度目は切れたけれど、二度目は切れなかった、じゃあ冗談ではない。

入念に【魔剣】の確認をし、切り倒した木を端に寄せたあと、満足がいった透は森の外に向かって歩き出した。


透が去ったあとの森の中には家が四軒は建てられるだろう、四角四面に整えられた不可思議な空間が出現していた。その空間の端には、切り倒された大木が綺麗に山積みになっていた。

木こりの悪戯か、はたまた秘密裏に行われている国の事業か。森に入った者がこの空間を見て頭を悩ませることになるが、それはまだしばらく先の話である。


森を抜けると透の目が、広い草原とその中央に人口的に踏み固められた道を捉えた。

「あれは街道かな。一番近い街は、なんて名前なんだろう？　ウィンリス……いや、キンリス……？」

なんとか脳に遺された記憶を辿るが、街の名前は朧気《おぼろげ》だった。

ただ、道だけはきちんと覚えていた。透はリッドの記憶を頼りに、街道を進んで行く。

「一体どんな街なんだろう」

どんな街並みなのか。どんな食べ物があるのか。どんな人がいるのか……。まだ見ぬ街を想像すると、透の歩みは自然と軽くなった。

街道をしばらく進んだ時だった。透は前方から殺気を〈察知〉した。目を凝らすと、街道の途中――森の傍に大量の小さな人影が見えた。その姿を見て、リッドの記憶が一斉に囁《ささや》いた。

〝敵〟〝最弱〟〝逃げる〟

「うーん？」

リッドの記憶はあまりに断片的だったため、透は判断に困った。それが敵で、さらに最弱なら倒した方が良い。だが、逃げるという言葉も現れている。

戦うか逃げるか。

考えている透の目が、人間の姿を捉えた。武具を身に纏《まと》った人間が一人、敵の集団に囲まれていた。

「――ッ!!」

その姿が見えた瞬間、透の中から逃げるの選択肢が消滅した。

透はその集団に向けて、全力で走った。

いままで感じたことがないほどの速度で、透はぐんぐん前に進む。流れる景色が霞《かす》んで、あっという間に後ろへと流れていく。

集団に近づくに従って、敵の姿がハッキリと見えてきた。

敵は身長が約一メートル。痩せ型で、肌は薄緑色だ。人の形をしているが、顔面が醜悪で、とても人間と同じ種であるようには見えない。

何も身に纏っていないが、それぞれ武器を手にしている。そのことから、敵は一定以上の知能があることが伺える。

周りを取り囲んだ敵が、中央にいる人間に向けて手にした棍棒《こんぼう》を振り上げた。

既に一刻の猶予もない。透は素早く【魔剣】を顕現させ、吠《ほ》えた。

「うおぉぉぉぉぉ!!」

雄叫びに、ありったけの〈威圧〉を込める。

透の〈威圧〉に、敵の体が凍り付いたように固まった。中には透の〈威圧〉に当てられて、白目を剝いて倒れた敵もいた。だがそんな様子に構うことなく、透は【魔剣】を全力で振るった。

「僕が相手だ！」

さらに大声を出して、敵の注意を引く。敵は突如現れた透の姿に、まだギョッとしていた。その隙にと、透は手近な敵数匹の上下半身を離別させた。

ドシャッ、と湿った音が響いてやっと、残る敵が我を取り戻した。

「ゲギャギャッ!!」

敵は透を、排除最優先の敵と見なした。敵たちの殺意に、うなじがチリチリする。

「き、貴殿は……」

背後から高い声が聞こえた。振り向くと、長剣を構えた剣士が透を見て固まっていた。突然武器を持って現れたのだから、驚いて当然だろう。透はそう考え、なるべく優しい声色で話しかける。

「君、自分のことは守れる？」

「あ、ああ」

「僕がなるべく全部倒すから、溢《あふ》れた敵はそっちでお願いね」

「ま、待ってくれ！　貴殿は――」

騎士の声を最後まで聞かず、透は全力で敵にぶつかった。

先ほど敵を斬り捨てた感触から、透は自分が決して敵に負けていないことがわかった。リッドの記憶が〝最弱〟と言った通りである。

ならば、多対一ならどうか。

（自分の力は、どこまで通用するだろう？）

透は【魔剣】を全力で振るった。

――スッ。

【魔剣】が音もなく敵の胴を切り裂いた。敵の心臓が送り出した血液が、勢いよく吹き上がる。吹き上がった血液が空中で攪拌《かくはん》され、赤い煙に変わった。

一つ切り裂くだけでは止まらない。二つ、三つと、その先の敵も真っ二つにした。

どろり。透の体に生暖かいものが降りかかった。それがなにか確認もせず、透は次々に敵を斬り倒す。

透には敵わぬと思ったか、敵が剣士に狙いを定めた。

透を回り込もうと動き出す。

「うおおおお‼」

ここで再度〈威圧〉。

透は敵の行動を阻害した。

斬り、突き、薙《な》ぎ、蹴り。

回避、反転、一刀両断。

近いものから素早く切り裂き、遠いものは地面の小石を蹴りつけた。

小石がぶつかった敵は、醜悪な顔をしかめてその場に転がった。

体は透の想像通りに動き、さらに想像を超えて動いた。

己の戦闘意欲のみを動力として、透の体が敵を倒していく。

右側の敵に【魔剣】を振ったとき、左側から敵が打って出た。

その攻撃に、透の体は冷静に対処する。

棍棒を振り上げた瞬間を見計らい、透は空いた手で敵の手を押さえた。

透はさして力を込めていないが、敵の手が上段でピタリと止まった。

勢いが付く前の攻撃ならば、僅かな力で完封出来る。その絶妙なタイミングを、透は勘だけで判断出来た。スキルのおかげだ。

敵の反応を待たず、透は旋回。【魔剣】で首を刈り落とした。

透の体がじりじりと熱を帯びる。

「ははっ！」

戦いの最中にあって、透は、笑った。

ここまで思う通りに体が動くことが、楽しくて仕方がなかった。

透はいま自分の手で、他の命を奪っている。だが命を奪うことに、一切抵抗はなかった。

ここは異世界エアルガルド。敵の群れに囲まれて命は大切、なんて甘い考えを持っていては、こちらの命が奪われる。

いまは命を奪うか、奪われるかだ。

斬って突いて薙いで蹴って、

命を次々奪っていく。

「は、ハハハハハッ!!」

集中力の限界を突破。

アドレナリンが、快楽を生む。

もっと、もっとと、透は笑った。

笑いながら、敵を倒し続けた。

○

ゴブリンの大群に囲まれた冒険者のエステルは、目の前の光景をどう受け入れて良いかわからなかった。

目の前では、見覚えのない少年がゴブリンを相手に戦っている。

少年の実力は、圧倒的だった。まさに鎧袖一触《がいしゅういっしょく》。ゴブリンを一切寄せ付けない。

今回エステルが冒険者ギルドで受けた依頼は、森から出没するゴブリンの討伐だった。五匹倒せばクリア出来る、Ｅランクの中ではスタンダードな依頼だ。

冒険者ギルドで受けられる討伐依頼の中で、ゴブリンは一位二位を争うほど難易度が低い。最弱の魔物と言っても良い相手ではあるが、初めて討伐を経験する者にとっては壁になる魔物でもある。群れを作る習性があり、多少知恵が回る頭を持っている。人間より小さいからといって舐《な》めてかかると、返り討ちに遭うのだ。

とはいえ、エステルはある程度の実力を備えている。ゴブリン程度余裕を持って倒せる魔物だった。

だが今回は、予想外の事態が発生した。

依頼では『街道にいるゴブリン五匹の討伐』という話だったのだが、蓋を開けてみれば数えきれぬほどのゴブリンが街道を占拠していたのだ。

集団に出くわしたが、ただでやられるつもりはない。不用意に接近してきたゴブリンを愛剣で切り伏せながら、エステルは逃走を図った。

だが、ゴブリンの中には投擲《とうてき》を行う者もいた。

「くっ……」

投擲された石が体に当たり、エステルはその痛みに小さく呻《うめ》いた。

ダメージは小さくとも、体力を奪うには十分な威力があった。エステルの逃げ足は次第に鈍化し、街にたどり着く前にあっさり周囲を囲まれた。

ゴブリンに囲まれたとき、自分は二度と生きて帰れぬものと覚悟した。

エステルも冒険者だ。命を失う覚悟くらいしている。命燃え尽きるその瞬間まで戦ってやろうとも思っている。

けれど、それでも体はどうしようもなく震えた。

ゴブリンが、その手の棍棒を持ち上げた。次の瞬間だった。突如現れた見知らぬ少年が、瞬く間にゴブリン数体の上半身を切り落とした。

「――なっ⁉」

通常、ゴブリンの群れの討伐は、冒険者ランクでEから行える。だが、これだけの群れをソロで討伐するとなると、最低でもDランクの実力は必要だ。

しかし、Dランクの冒険者でこれほどの動きが出来る者となると、エステルには覚えがなかった。

「この少年は、一体……」

剣を振るう動きは美しいの一言だ。まるで舞を舞うように、剣を振るっている。ゴブリンの攻撃など掠《かす》る気配さえない。彼に一撃を与えるのは、知能が低いゴブリンでなくとも至難の業だ。

エステルは剣士としてひとかどのものであるという自負がある。だがそんなエステルでも、彼から一本を奪う未来が想像出来なかった。

腕前もそうだが、彼が手にしている剣も異様である。黒に所々赤い文様が浮かんでいる刀身は、この辺りでは珍しい緩やかな曲線を描いている。

その剣は、尋常ならざる切れ味を誇っていた。長剣が振るわれる度に、ゴブリンの胴が音もなく落ちていく。

対してエステルの剣は、斬るときには必ず音が鳴る。それはエステルの剣が、重みで叩《たた》き斬るタイプの武器だからだ。

同じ『斬る』でも、エステルと少年では、まるで結果が異なっていた。

「っ⁉　――しっ！」

彼の姿に見惚《みと》れている場合ではない。うっかり間合いまで忍び寄られたゴブリンを、エステルは裂帛《れっぱく》の気合とともに斬って捨てた。

エステルが斬ったゴブリンは、その断面が潰れている。これが、通常の傷跡だ。対して少年の剣は、断面同士を合わせればくっついてしまいそうなほど美しく切断されている。

「……すごい」

エステルの口からは、そんな言葉しか出て来なかった。

彼を形容するのに、それ以外の言葉は見つからなかった。

森に逃げようとしていた最後の敵を斬って捨てたところで、透の集中力がぷつりと切れた。

「はぁ……はぁ……ふぅ」

深呼吸を繰り返すと、アッという間に息が整った。〈自然回復〉スキルのおかげだ。

透がこれまで常に全力で戦い続けられたのも、〈自然回復〉スキルが消耗した体力を逐一回復し続けてくれたためだ。これがなければ透はあっさり息切れを起こし、敵の大群に押しつぶされていたに違いない。

敵に囲まれるようにして戦ったが、不覚の一撃を貰《もら》うこともなかった。それは常に敵の位置を把握し続ける〈察知〉と、得た情報を素早く処理する〈思考〉があったおかげである。

「憶測で振ったスキルだったけど、振っておいて正解だった」

あたり一面は、まさに血の海だった。血と臓物がまぜこぜになっていて足の踏み場もない。風が吹くと、むせかえるほどの血と臓物の臭いが舞い上がった。

無残という言葉が似つかわしいが、戦いに敗れれば透がこうなっていたのだから、憐憫《れんびん》などちっとも浮かばない。

透は【魔剣】を消し、顔に付着した敵の血液を袖で拭う。

○

そこで、思い出した。

「そういえば、誰かいたんだったな」

戦いに集中していたせいで、助けた相手がいることをすっかり忘れていた。

「大丈夫ですか？」

〈察知〉で相手に怪我がないことはわかっていた。それでも念のために、透は尋ねた。

「だ、大丈夫だ。あの、貴殿は大丈夫か？」

「僕は大丈夫ですよ。あ、いや……」

緊張の糸が緩んだ透は、思い切り顔をしかめた。

「なにか？」

「返り血が、大丈夫じゃなさそうです」

血だけではない。体液や内臓などが透の体にべっちゃり付着していて、とても酷い臭気を放っていた。これは、どれだけ服を洗っても臭いが取れないかもしれない。

顔をしかめた透に、剣士はくすりと笑った。

剣士に水袋とタオルを貰い、透は体に付着した物体を洗い流した。それでも血液汚れはしつこく、色が染みになってしまった。

透はタオルで自らを拭いながら、ため息を吐いた。

「ああ……一張羅だったのに」

「服なら弁済するぞ。本当に助かった、感謝する」

剣士は美しい動作で頭を下げた。日本ではまずお目にかかれない流麗なお辞儀だった。

その顔が上がったとき、透は僅かに驚いた。ブレストプレートが胸を覆っていたため気づかなかったが、剣士は女性だったのだ。

透は失礼にならない程度に相手を観察する。

長い金色の髪の毛は、後頭部で一本に束ねられている。十人中九人は振り返るだろう、非常に整った顔をしている。剣や鎧《よろい》は、ほどよい使用感があり彼女の体によく馴染《なじ》んでいた。

「私はエステルだ」

「僕は透です。水梳《みなすき》透。こっちだと透水梳、と名乗るべきなのかな」

「トール・ミナスキ殿、か。私はフィンリスで冒険者をやっているのだが、失礼ながら貴殿の顔を見たことがない。貴殿はどこの街からやってきた冒険者なのだ？」

「冒険者……。やっぱりあるんだなあ」

「んん？」

「いえ、こっちの話です」

透は頭を振る。冒険者といえばファンタジーの定番職業である。物語の中で冒険者ギルドは、雑用から魔物の討伐まで様々な業務を取り扱っている。

（この世界もそうなのかな？）

「僕は冒険者じゃないです」

「冒険者ではないのに、その実力なのか！」

てっきり高名な冒険者だとばかり思っていたエステルは、トールの言葉に驚いた。

ならば、トールは騎士なのだろうか？　騎士にしてはやや顔立ちが若すぎるが、どこかの領に在籍する騎士と言われても、不思議ではない実力を持っている。

エステルが再度問うより早く、トールが口を開いた。

「ええ。一般人なので、この程度です」

「えっ？」

「えっ？」

ゴブリンを容易く掃討したトールの実力が一般人レベルなら、この世から魔物は駆逐されている。

まさか素性を言えない事情があるのか？　エステルは、慎重になって口を開いた。

「ミナスキ殿は、本当に一般人……なのだな？」

「そうですけど。もも、もしかして、この敵を一般人が倒したら罪に問われちゃいます⁉」

「へっ？」

「……んっ？」

（てっきり殺人罪の追及でも受けると思ったんだけど……）

エステルの反応から、その可能性はなさそうだ。

話が噛《か》み合っていない気がするも、透にはその原因がなにかわからない。とりあえず、人っぽい見た目の敵を倒したことが罪に問われないならそれで良い。

「エステルさんはそのフィンリスの街出身なんですか？」

「エステルで良いぞ」

「いえ、さすがに呼び捨ては……」

その顔立ちから、透はエステルの年齢は二十歳前後だと思った。透の精神年齢三十二歳と比べれば、彼女は年下である。しかし肉体《リッド》の年齢十六歳と比べれば、彼女の方が年上だ。

敬称を付けないのはさすがに失礼だと思った。だがエステルは頭を振る。

「丁寧語で話されるとこそばゆくてな。私は貴族みたいな立場があるわけじゃない。ただの冒険者だ。もっと気軽に話してほしい」

(この世界ではそういう考え方が基本なのか)

郷に入《い》っては郷に従え。透は彼女の言葉に従うことにした。

「わかりま……わかった。じゃあ僕のことも、透と呼んで欲しい」

「ああ、了解した。私の出身地は別だが、現在はフィンリスで活動しているぞ」

「そうなんだね。じゃあ、僕をそのフィンリスまで連れてってもらえるかな？　田舎から出て来たので、道がわからなくて」

「もちろん！　これだけのゴブリンを倒したのだからな」

「へぇ。これがあのゴブリンなんだ」

名前は知っているが、実物を見るのは初めてだ。透は地面にまき散らされた元ゴブリンを見て顔をしかめた。

「まさか、知らずに倒したのか？」

「うん。一目見て敵だと思ったから」

「正しい判断だ」

エステルが笑みを浮かべて頷《うなず》いた。

「話を戻すが、ゴブリンを倒せばギルドから報酬が貰えるのだ。それに、私もミナスキ殿……あ、いや、トールに恩を返さねばならないからな。是非フィンリスまで来て欲しいのだ」

「恩返しなんて、いいよそんなの」

「いや！　私はゴブリンに囲まれて、命を落とすかもしれないところだったのだ。これでなにもしなければ、私の気が済まない」

「そ、そう……」

（フィンリスに連れてってくれるだけでも十分なんだけどなあ）

そうは思ったが、透は彼女の言葉に甘えることにした。

なにせ透はこの世界に来てまだ一日も経っていない。わからないことがあったときに、気軽に尋ねられる相手は貴重だった。

ギルドへの報告用にゴブリンの耳を切り落とし、エステルが持っていた麻袋に放り込む。耳を切り落とした後は、ゴブリンの死体を森の中に適当に放り投げた。街道に放置すれば、ゴブリンを好む魔物をおびき寄せかねないからだ。

「こんなものでも、食べる魔物がいるんだね」

「ああ。ほとんどの魔物は食べないが、中には好んで食べる魔物がいるのだ。まあ、森の浅い場所にはいない魔物だから大丈夫だとは思うが、なにかあっては問題だからな」

エステルと話しながら、透はゴブリンを森に運ぶ。

現在の透の膂力《りょりょく》であればゴブリン程度、何体だろうと軽々運べる。しかし酷い臭気を放っているため、大量に抱えるのは気が進まない。

あまり触れないようにと、ゴブリンを森の中にポイポイ放り投げていたら、エステルが隣で呆然《ほうぜん》としていた。

（いくら魔物とはいえ、死体を乱暴に扱うのはダメだったかな？）

呆然としていたエステルだったが、透を咎《とが》めはしない。なら大丈夫だろうと、エステルの様子をスルーして、透は次々と死体を森に放り投げた。

処理に時間がかかったため、太陽は既に茜色《あかねいろ》に染まっていた。日本の都会ではまず見られない大きな夕日に、透はしばし心を奪われた。

「ねえエステル。フィンリスまでは、歩いてどれくらいかかるの？」

「ここから一時間くらいだが……日が沈むと、フィンリスの正門が閉ざされるのだ」

「あっ、そうなんだ。正門が閉じたら中に入れないとか？」

「そうなのだ。走ればギリギリ間に合うかもしれない。トール、申し訳ないが、少し急いでも良いだろうか？」

「わかった。先導をお願い」

「任せてくれ」

そう言って、エステルが走り出した。

彼女は冒険者だ。自分よりも体力が高いかもしれないと、透は身構える。だが想像に反してエステルの速度は軽いジョギング程度だった。

（よかった。これなら付いていける）

ぴょこぴょこと揺れるポニーテールを眺めながら、透はエステルの後ろにぴたりとくっついて走った。

「ねぇエステル。冒険者って誰でもなれるの？」

「ああ。過去に大きな罪を犯してなければ、誰でも冒険者になれるぞ」

罪を犯すという言葉に、透は内心ギクリとした。もしかして、クレマンら三名を崖から落としたことがバレるだろうか？　と。

（多分大丈夫だと思うけど……）

まだ誰にも見つかっていないが、もしダメなら別の道を探せば良い。選ばなければ働き口など沢山あるだろうと、透は前向きに考える。

今後生きる上で、なにかしら手に職を付けねばならない。冒険者になれなければ〈鍛冶〉スキルに頼って、鍛冶屋にでもなれば良い。

それがダメでも――手元にはスキルボードがあるのだ。スキルさえ上げればどんな仕事だろうと、いっぱし以上に働ける。

今後の生活手段をあれこれ考える透の前で、エステルは慌てていた。

(トールは、ずいぶんと体力があるのだな)

始め、エステルはトールを置いていかない程度で走っていた。だがトールに余裕があったため、エステルは走る速度を引き上げた。

いまではほとんど全力で走っている。それでもトールは、それこそ鼻歌でも歌い出しそうなほどけろっとした顔で走っていた。

エステルは、そんな彼が一般人だとは到底信じられなかった。

エステルは当初、彼は密命を帯びて身分を隠した騎士なのではと考えた。だが、彼との会話でそれもどうやら違いそうだということがわかった。

いくら世情に疎い騎士であっても、ゴブリンを知らない者はいないし、ましてや『一般人はゴブリンを倒してはいけない』などという勘違いは起こさない。

(ほんとに、トールは何者なのだ?)

トールの正体にあれこれ想像を膨らませつつ、エステルは息も絶え絶えにフィンリスへと急ぐのだった。


フィンリスに到着したのは、日が落ちる少し前だった。ギリギリのタイミングで滑り込むように入り口に向かう。

「よおエステル。今日はゴブリン退治だったたな。生きて戻ってなによりだ」

門に立っていた衛兵らしき男性が、軽い調子でエステルに話しかけた。

「だが、さすがに閉門ギリギリまで粘るとは思わなかったぜ」

「はぁ……はぁ……私も、間に合わないかと、諦めそうになったのだ」

「ずいぶん走ってきたんだな……って、なんだよその坊主は。ひでぇ見た目だな。どうしたんだ？」

「ゴブリンにな」

「殺されそうだったのか」

「私がな」

「えっ、ん？　エステルがか⁉」

エステルの言葉に、衛兵が目を丸くした。彼はエステルが、ゴブリンごときに負けるとは思ってもみなかったようだ。

（エステルって、それだけ強い冒険者なんだなあ）

今回ゴブリンに後れを取ったのは、相手が大群だったからだ。量は質を圧倒する。それは地球であろうとエアルガルドであろうと同じなのだ。

「一体、何があったんだ？」

「ちょっと、な。まずは中に入れて貰えるだろうか。さすがにクタクタなのだ」

「ああ、気づかず悪かった。だが、後で聞かせてくれよ？」

「わかったわかった」

(やけに話を聞きたがる衛兵だなあ。なにか不審な出来事でもあったのかな?)

透が首を傾げると、その疑問に気づいたエステルが口を開いた。

「トール。こいつは、いろんな冒険者から冒険話を聞くのが趣味なのだ」

「失敬な。フィンリスの平和を守るための情報収集と言ってくれ」

「門の前で立ってるだけだと暇なのだったな?」

「……今日も仕事が忙しいなー! さっ、二人とも、ギルドカードを出してくれ」

エステルに指摘された衛兵は、額に脂汗を浮かべて手を差しだした。どうやら図星を衝かれたようだ。

エステルは鉄製の胸当ての横から手を入れ、中から名刺サイズの銀色のカードを取り出した。

「確認した。そっちのは?」

「そうだ。トールはギルドに所属してないのだったな。トール、なにか身元を証明するものはあるか?」

「名前もない村から着の身着の儘《まま》出て来たから、証明するものはなにも」

「身元の証明書がなかったら、通行料大銅貨一枚だ」

そう言って、衛兵が手を差し出した。

そのジェスチャーが大銅貨一枚を支払えという意味なのはわかる。だが現在、トールは素寒貧だ。

(通行料が払えなければ野宿か? こんな酷いなりで?)

嫌な想像に冷たい汗が浮かぶ。そんなトールの内心を知ってか知らずか、エステルは流れるような手つきで大銅貨を一枚衛兵の手に落とした。

「大銅貨一枚、丁度だな。よし、通って良いぞ」

衛兵が銅貨を握りしめ、道を空ける。足早に門の中に入るエステルを見て、透は慌てて後を追った。

「おお……」

フィンリスの街並みを見た透は、思わず感嘆の声を上げた。

門に入ってすぐ、二階建ての木造住宅がびっしりと奥まで連なっていた。法律に規定があるのか、外壁は白く塗られ、屋根の色はすべて茜色だ。

道には石が綺麗に敷かれている。その道の脇には、雨水が流れるための側溝が設けられていた。

（文化レベル、結構高いなあ……）

中世ヨーロッパを想像していた透は、フィンリスの技術水準の高さに目を丸くした。

メイン通りは活気が溢れていた。通り沿いに屋台が並び、店主が声を上げて客引きをしている。カラフルな野菜や、大皿に盛り付けられた調理済みの料理などが並んだ屋台の前に、フィンリス民がごった返している。

どこかから、肉の脂が焦げる良い匂いが漂ってきた。

（このまま見て回りたい！　食べ歩きしたい!!）

一体どんなものが並んでいるのか、どんな食べ物があるのか、透は気になった。だがいま自由に動いては、エステルに迷惑がかかる。透はウズウズする好奇心をぐっと抑え込んだ。

「エステル。入門のお金だけど、あとでちゃんと返すね」

「気にするな。大銅貨一枚くらい、大した金額ではないからな」

「そう、なの？」

透は首を傾げる。

「あー、そういえばトールは田舎の出身だと言ってたな。お金を見たことはあるか？」

「えーと……」

透はまだこの世界のお金を見たことがない。だがそれを口にしたら、透がこの世界の住人ではないことがバレてしまうのではないか。

透は慎重に口を開く。

「それが、その……、まだお金は見たことがないんだ」

「まあ小さい村で暮らしていればお金を使うことはまずないからな。見たことがなくてもおかしくはないのだ」

「……そ、そっか。そうだね」

よかった。妙だと思われなかった。透は胸をなで下ろす。

「ねえエステル。冒険者ギルドってどこにあるの？」

「もう少し先だぞ」

「じゃあ歩く間に、お金について少し教えてもらえるかな」

「了解した」

エステルは頷き、胸当ての隙間から巾着袋を取り出した。

彼女は中から三種類の硬貨を取り出し、手の平に載せた。

「お金の単位はガルドだ。銅貨が一ガルド、大銅貨が十ガルド、銀貨が百ガルド。この上に一万ガルドの金貨と、百万ガルドの白金貨があるが、上級冒険者や商人、貴族でもない限り使うことはないぞ。他には賤貨《せんか》もあるが、こちらは主に子どものお駄賃用で、大した価値はない」

「なるほど。銅貨一枚でなにが買えるの？」

「一ガルドだと、丁度そこの肉串が一本買えるぞ」

エステルの視線の先に、肉を焼く屋台があった。その屋台の看板には、透は見たことのない字で『肉串一本銅貨一枚』と書かれていた。

（おっ、〈言語〉スキルは会話だけじゃなくて、文字も読めるようになるんだ！）

〈言語〉スキルのありがたみをひしひしと感じる。

肉串の見た目は焼き鳥に近い。透ならば三口で食べきれるサイズである。

（となると、一ガルドは百円くらいかな）

銅貨は百円、大銅貨は千円。銀貨は一万円と、透はエアルガルドの貨幣価値を理解した。

平民が一ヵ月の生活に必要なお金が銀貨五枚から。

武器は最低でも銀貨十枚から。

衣服は古着が銅貨三枚からで、新品なら銀貨一枚から。

エステルからこの世界の物価を聞きながら歩いていると、透がふと見上げた先に大きな建物を発見した。

木造の建物の屋根から、石造りの三角屋根がぴょんと顔を覗《のぞ》かせている。

「ねえエステル、あの建物はなに？」

「あれはフォルセルス教の教会だな」

「へえ……」

（この世界にも宗教があるのか。……もしかしてあの自称神は、フォルセルスっていう名前だったのかな？）

透は屋根をまじまじと眺めた。あの神に繋《つな》がる手がかりはないかと眺めるも、残念ながらそれらしい共通点は見つからなかった。

「トールはフォルセルス教の信者なのか？」

「いや、違うよ」

たぶん、と心の中で付け加える。リッドの記憶に尋ねても反応がないので、リッドは信者ではなかったようだ。

「じゃあ、他の神か？」

「他？」

「ふふ、エアルガルドに六柱いる神の加護と威光も、トールの村までは届いていないようだな」

透の反応に、エステルが楽しそうに鼻を鳴らした。

しばらくすると、メイン通りに周りよりも少し大きな建物を発見した。

「着いたぞトール。ここがフィンリスの冒険者ギルドだ」

「結構、大きいんだね」

フィンリスの冒険者ギルドは、コンサートホールほどの大きさがあった。一階部分は石造りで、二階部分が木造と、他の建物よりも豪華な造りだ。

「フィンリスはこの地域では一番大きな街なのだ。必然、冒険者も依頼の数も多い。すべてを処理するには、これくらいの建物が必要なのだ」

話しながら、エステルは冒険者ギルドに入って行く。機嫌良さそうに揺れるエステルのポニーテールを眺めながら、透も冒険者ギルドに踏み入った。

「おおー」

冒険者ギルド一階は、ホテルのフロントのようだった。受付カウンターがあり、依頼が張り出されている掲示板があった。

カウンターから離れた場所に、バーも併設されていた。そこでは既に宴会を始めている冒険者の姿がチラホラ確認出来る。

（やっぱり冒険者といえば、酒場なんだなぁ）

キョロキョロとバーを覗き見ていると、バーにいた冒険者達が透の姿を見るなり目を見開いた。中には飲んだ酒を吹き出しむせかえっている者もいる。そんな冒険者たちの姿を尻目に、透はエステルの後ろを付いて歩く。

「エステルさん、お帰りなさい」

カウンターにたどり着くと、ギルドの受付嬢がにっこりと微笑んだ。殺伐とした討伐依頼を終えた冒険者にとって、この笑顔はなによりのご褒美に違いない。実に華のある女性だった。

「……エステルさん、その子は？」

受付嬢のマリィは、現れたエステルを前に必死に表情を取り繕う。

受付嬢となってから数年。マリィは様々な冒険者を観察してきた。その経験から、見ただけで相手の実力がそれとなくわかるようになっている。

新人冒険者のエステルが引き連れている少年は、マリィが見た限り、明らかに強者の雰囲気を纏っていた。

衣服に広がる血液と思しき赤茶の染みも相まって、戦う力のないマリィは、うっかり腰が砕けそうになったほどだ。表情には出していないが、足は完全に震えている。

「ああ、ちょっとな。依頼は完遂したのだが、問題があったのだ」

「問題……」

（一体なにがあった？　殺人か？　大量殺人なのかっ⁉）

マリィは内心混乱した。だがその内面を、受付嬢としてのプライドで隠し通す。

「……その子絡みですか」

「いや、実は――」

「おやぁ、エステルさん。お早いお戻りでしたねぇ」

説明しようとしていたエステルの言葉を遮り、カウンターの奥から粘っこい男性の声が聞こえて

きた。

男性はつかつかとこちらに歩み寄り、エステルを睥睨《へいげい》した。エステル「さん」と口にしているがその実、彼女をちっとも敬っていないのが丸わかりだった。

「きちんと依頼のゴブリンは討伐されたんですかあ？」

「もちろん。ただ、依頼されていた内容と実際のゴブリンの数に大きな乖離があったぞ」

「それはそれは……」

男はそこで、透に目を向けた。視線が向いた瞬間、透の背筋がぞっと粟《あわ》だった。まるでゴキブリでも見るような目つきである。

「そちらの少年は？」

「トールだ。私がゴブリン討伐に巻き込んでしまったのだ」

「なるほどなるほど。エステルさんはそこの少年を救って、ゴブリンを規定数討伐出来なかったと。依頼失敗ですねぇ、実に残念です」

「それは違う。依頼は成功したぞ」

キッパリ言い放つと、エステルは胸当ての内側から布の袋を取り出した。ゴブリンの耳が詰まった袋だ。

（エステルの胸当ての中ってどうなってるんだろう？）

これまで冒険者カードに巾着袋と色々出て来たが、今回は極めつけ。その袋の大きさは、ブレストプレートに入るほど小さくない。

想像よりも胸部が凹んでいるのか？　などと想像したら、エステルに横目でギロっと睨《にら》まれた。

（ひえっ！）

袋を受け取り口を開いた受付嬢は、目を大きく見開いた。

「エ、エステルさん、一体何匹のゴブリンを討伐されたんですか⁉」

「んー、三十から五十体くらいだったか」

「そんなに……」

「確認してもらえるか？」

「わ、わかりました。すぐに査定させて頂きます」

「――ふん」

慌てた受付嬢の横で、男が鼻を鳴らした。

「その子を守りながらの討伐とは。本当にエステルさんがやったんですか？　なにか、ズルをしたんじゃないでしょうねぇ？」

「失礼な……と言いたいところだが、私一人ではゴブリンに殺されていただろうな」

「ほう。では助っ人が？」

「ああ。ゴブリンのほとんどを、このトールが倒したのだぞ」

「へぇ？」

まるで自分事のようにエステルは胸を張った。彼女は頬が上気し、口角が緩んでいる。

（なんでエステルが自慢げなんだ……）

透の緊張感が緩んだ、その時だった。

「この小汚い子どもが、ねえ」

「……その言葉、取り消すのだ」

男の言葉にエステルが殺気立った。ゴブリンとの戦闘時でも感じられなかったほどの、強い気配だ。その雰囲気に男が気圧された。

「わ、わかった、取り消す」

「それだけか？」

「ぐっ……。トールさん、大変失礼いたしました」

「いえいえ。汚いのは事実ですからね。なんかスミマセン」

透の軽い口調に、エステルと男がきょとんとした。

透の口調が軽いのは場を和ませるためではない。男に小汚いと言われても、透は『まあそうだよなー』としか思わなかったのだ。

汚いのは事実なのだから仕方がない。

「ふふっ。透は懐が深いのだな」

そんな透の様子に、エステルが吹き出した。

「良かったな、フィリップ。首の皮一枚で繋がったぞ」

「……」

「大変お待たせいたしました。査定が終わりましたのでご確認ください」

そうしている間にも、受付嬢がゴブリンの耳の鑑定を終わらせた。それを合図にして、フィリップと呼ばれた男はなにもなかったかのようにカウンターの奥へと戻っていった。

「全部で四十三匹分の耳を確認いたしました。こちらがエステルさんが引き受けた依頼の達成報酬となります。ゴブリンの討伐数がかなり多かったため、今回は特別に常設依頼の分もクリア扱いとし、上乗せさせて頂きました」

「ああ、それは助かる」

エステルは受付嬢から報酬が入った小さな麻袋を受け取った。その中から大銅貨数枚を取り出すと、自らの巾着袋に入れる。残った麻袋を、彼女はぐいと透に差しだした。

「……これは？」

「トールの分の報酬だ」

「いや、でも――」

「ゴブリンのほとんどをトールが倒したのだ。これを受け取って貰わねば、私が困る」

逡巡《しゅんじゅん》した透だったが、現在一文無しだ。有り難く頂戴する。

だが、借りはすぐに返す。透は麻袋の中から大銅貨を取り出し、エステルに押しつけた。

「これは入門の時のお金。これで貸し借りなしね」

「えっ、あ、ああ……いや、これは別に気にしなくても良かったのだが」

「受け取って貰わないと、僕が困る」

「………………わかった」

言葉を真似た透に、エステルが苦笑した。

「査定は以上ですが、他になにかございますか？」

「それでは一つ。トールをギルドに登録してもらいたい」

「了解いたしました。それではまずこちらに必要事項の記入をお願いいたします」

透はペンを取り、差し出された紙に目を走らせる。項目は自分の名前や出身地、扱う武器、職業などだ。

（武器は剣、と。職業って、なにを書けばいいんだろう？　剣士とか魔術師のことかな？　それともいま就いてる仕事はあるかってことかな？）

透はしばし悩み、『無職』と記入した。

「ほぅ。トールは字が書けるのだな」

「あっ、……うん。そうだね」

エステルに言われて、はたと気づいた。透は何気なく日本にいる時と同じ感覚で書いていたが、書いていたのは日本の文字ではなく見たことのない文字だった。

（これも〈言語〉スキルのおかげ、なのかな？　便利だけど、なんかすっごく不思議な感じだなあ）

手が動くまま無意識に書けば大丈夫だが、少し意識してしまうとエアルガルド文字が書けなくなりそうだった。

あらかた項目が埋まると、カウンターの奥から受付嬢が透明の球を持って戻ってきた。

「お待たせいたしました。では、トールさん。こちらの水晶に手を乗せてください」

「これは？」

「こちらは魂を観察する道具です」

「魂を観察……？」

意味がわからない。透は首を傾げた。

「こちらは主に、過去に法を犯して魂に印が刻まれてないかを確認させて頂きます」

「村出身なら馴染みがないかもしれないが、大きな街では重罪を犯したものには、魂に印が付けられるのだ」

印の意味がわからない透に、エステルが補足した。村出身であるため知らないだろうと、彼女は気を利かせてくれたのだ。

「他には、簡単にですが冒険者としての適性が測れます」

「そんなことが出来るんですね」

「はい。あくまで補助的な道具ですので、どういう潜在能力があるかまでは見られませんが、依頼受付の参考にはさせて頂きます」

「そうなんですね。わかりました」

「それではどうぞ」

透はゴクリとツバを飲み、カウンターに置かれた水晶に手を乗せた。すると、水晶の真ん中に小さな光が点った。

「おー」

まるで人の手に反応して光を灯す照明器具のようだ。初めて見る魔術的な反応に、透は目を輝かせた。

「えっ?」

「えっ……」

しかし、透の反応とは打って変わって、受付嬢とエステルは眉根を寄せた。

「どうしたんですか?」

「いや、その……、トールの光があまりにも小さいから、何事かと思ったのだ」

「もしかして僕、才能なし?」

「いや、光のサイズで才能の有無を判断するものじゃない……のだよな?」

エステルが自信なさげに受付嬢に尋ねた。

「え、えぇ、そうですね。才能の有無は光の大きさではなく、強さです。トールさんは一定以上の輝きがありますから、問題ないのですが……」

受付嬢はそこで一旦言葉を切り、言いにくそうな表情で続けた。

「トールさんは、いつ頃エアルガルドにいらっしゃったんですか?」

受付嬢に尋ねられた瞬間、透は時間が止まったように感じた。

『いつ頃、エアルガルドにいらっしゃったんですか?』

この問いは、透が別世界から来たと思わなければ出て来ない。つまり受付嬢は透が、異世界人だと疑っているのだ。

「……どうして」

「間違いでしたら、お詫《わ》びして訂正させて頂きます。この魂の測定器ですが、魂の記録によって光の大きさが変化するものなんです。通常、ギルドに登録される方の年齢ですと、こぶし大くらいのサイズになります。ですがトールさんは見た所、魂にまったく記録が蓄積されていません。トールさんくらいの年齢の方ですと、突然ポンと、どこからともなくやってきた魂でなければ、これほど小さな光になりません。

つまり、光がこれほど小さい方は、魂のみこの世界にやってきた〝迷い人〟である可能性が高いのです」

「迷い人……」

「迷い人だって⁉」

透とエステルの反応は、これまた真逆だった。

迷い人と言われて、透はその言葉を『異世界人』と変換した。だが、エステルは驚き表情を強ばらせた。

透は、自分が異世界人だと吹聴することは避けたかった。もし地球にそんな奴がいても、頭のおかしい奴だと思われるに決まっているからだ。

だが迷い人――つまり異世界人なのか？　と真っ向勝負で尋ねられたのなら、話は変わってくる。

「そうですね」

透は素直に頷いた。

「もしかして、迷い人だとギルドに登録出来ないんですか？」

「いえ、そんなことはありません。過去に迷い人でギルドに登録された方はいらっしゃいます」

「迷い人って、そんなにいるんですね」

「はい。珍しいといえば珍しいのですが、年に数度は現れるみたいです」

（そんなに頻繁に異世界人を送り込んで、大丈夫なの？）

自称神の所業に、透は呆《あき》れた。別の世界から魂をガンガン送り込めば、エアルガルドに良くない影響を与えそうである。

「光の大きさの意味は、理解しました。僕が迷い人でもギルドに登録させて頂けるなら、是非お願いしたいんですが」

「本当に、登録してもよろしいのですか？」

受付嬢が念を押す。

（なんだか慎重だな）

疑問を抱いたその時だった。

「おいおい、あの野郎、迷い人だってよ」

「〝劣等人〟が冒険者になるなんて、あっさり死ぬだけだからやめとけやめとけ」

「「ぎゃははは!!」」

併設されているバーから透たちの様子を窺《うかが》っていたのだろう。ジョッキを手にした冒険者風の男二人が笑った。

その顔はかなり赤い。相当酔っ払っているようだ。

彼らの言葉に、透は首を傾げた。

「劣等人？」

「……迷い人は昔からそう揶揄《やゆ》されているのです。迷い人は戦闘力が乏しく、普通の生活にも馴染めないものばかりですので」

受付嬢が透の疑問に答えると、隣でエステルが目をつり上げた。

「取り消せ！　トールは劣等人なんかではない！　トールはゴブリンの集団から私を守ってくれたのだ!!」

「おいおい、姉ちゃん。ソイツは劣等人って診断されたんだぜ？　そんな奴がゴブリン一匹倒せるわけねぇだろ！」

「どうせソイツがゴブリンに殺されそうだったから、姉ちゃんが助けてやったんだろ？」

「違う。私が助けられたのだ！」

「なんでそんなに劣等人を庇《かば》うんだよ」

「もしかして、その男にもうホの字なのかよ」

「巫山戯《ふざけ》るな!!」

男たちの口ぶりに、エステルが切れた。

エステルが剣に手を掛けた。その前に――、

「エステル。ちょっと落ち着こう」

「――なっ⁉ ト、トール……」

透は柄に手を当て、引き抜かれそうになった剣を止めた。羞恥心からか顔を赤く染めたエステルを抜き、透は前に出る。

バーにいる男二人を睨み付け、透は凄んだ。

「いま冒険者登録中なので、ちょっと、黙ってて頂けますか？」

自分だけでなくエステルまでも小馬鹿にされたことで、透は少しカチンと来ていた。男たちに向けて、全力で〈威圧〉をぶつける。

瞬間、ギルド内の空気が触れれば割れそうなほど張り詰めた。

「「――うぐっ⁉」」

その空気に、男たちの体が過剰に反応した。全身の筋肉が硬直し、呼吸が止まった。

「なん、だ……このガキ……」

「くる……し……」

透が睨み続けると、男たちは派手な音を立てて盛大にひっくり返った。倒れた男たちの股の下が、みるみる湿っていく。

誰かがツバを飲む音が、やけに大きく響いた。先ほどまで溢れていた喧噪《けんそう》が、綺麗さっぱり消えていた。

透が見回すと、まるで透の視線を避けるように、冒険者たちがすっと顔を背けた。

「なあ。トールはあいつらに、一体なにをしたのだ？」

「なにも？」

「じゃあなんで倒れたのだ？」

「単に酔っ払って潰れたんじゃない？　すごい酔ってたみたいだし」

彼らには興味がない。透は適当に答えた。それよりも今は冒険者登録だ。

「話の続きをお願いします」

「あ……う……」

透の空気に萎縮したか。受付嬢が喘《あえ》ぐように口を動かすが、言葉が出て来ない。

（あれぇ？　この人には〈威圧〉してないんだけどなあ）

念のため、きっちり意識して〈威圧〉をシャットダウンする。

「さ、先ほどのお話の続きですが、口さがない者が迷い人のことを劣等人と呼んでいるのは確かです。ですが、冒険者ギルドは迷い人だからと、差別することはありません。トールさんには、是非とも冒険者ギルドの一員になって頂きたく思います。いかがでしょうか？」

「もちろん、是非登録して下さい」

売りたいものもあるので、と透は付け加える。

「売りたいもの、ですか？」

「はい。売れるかどうかはわからないんですけど、見た目が綺麗だったので素材として売れるかなって」

　そう言って、透は光る鍾乳石を取り出した。

「えっ――!?」

「やはりか……」

　受付嬢がキョトンとする横で、エステルが一人納得している。

　二人が見ているのは光る鍾乳石――ではなく、透だった。

「トールさん、あの、もしかして〈異空庫〉持ちなんですか？」

「そうですね」

「トールの武器が知らぬ間に消えていたから、そうなのではないかと思っていたが、やはり〈異空庫〉に入れていたのだな」

「……あっ。う、うん、そうだね」

　透の【魔剣】は厳密には〈異空庫〉に入っているわけではなかったが、透自身【魔剣】がなんなのか、消えているあいだはどこにあるかを知らない。

【魔剣】そのものの説明に骨が折れそうだったため、透はあえてエステルの勘違いをそのままにしておくことにした。

「買取のお話でしたね。こちらは……間違いなく精霊結晶ですね」

「へぇ。これ、精霊結晶っていうんですね」

「知らずにお持ちになったんですか？」

「はい。綺麗だから売れるかなって」

「なるほど……」

透の言葉に、受付嬢が僅かに苦笑した。

「精霊結晶は、特殊な力を秘めた石の総称です。通常の石からここまで変化するのに長い年月を必要とすることから、『精霊の力を浴びて変化した石』という意味を込めて、精霊結晶と呼ばれるようになりました。

この精霊結晶ですが、光り方から土の力が宿っていると思われます。非常に珍しいアイテムですので、一つ千ガルドでの買取となります」

「おおっ！」

拳ほどの精霊結晶が千ガルド——日本円で十万円相当だ。その値段に、透は喫驚した。

綺麗だから売れたらいいなー程度の気持ちで集めた石が十万円。

（回収しておいてよかった！）

「こちら、千ガルドで買取してよろしいですか？」

「あっ、まだあるので残りも買取をお願い出来ますか」

「了解いたしまし……た……えっ？」

透が次々と〈異空庫〉から精霊結晶を取り出していく。精霊結晶は全部で十五個になった。単純計算で銀貨百五十枚分だ。

エアルガルドの平民の生活費が一ヵ月銀貨五枚からだという話だったので、節制すれば三十ヵ月は暮らせる計算となる。

（ああ、高値で売れるならもっと回収しておけばよかった……）

「こちら、直ちに鑑定させて頂きます。そのあいだに、冒険者登録に関する実力テストを受けて頂けますか？」

「実力テスト？」

テストと聞いて、透はいの一番に学力テストを思い浮かべた。冒険者になる際に、必要な知識があるのだろうか、と。

しかし透の考えは外れる。

「実力テストって、なにをするんですか？」

「冒険者になる方の、戦闘能力のテストです」

戦闘能力のテスト。その言葉に、透は言い知れぬ不安を覚えた。

「ご安心ください。あくまでトールさんの体力や技術を見るだけです。怪我はいたしませんので」

「は、はぁ……」

「詳しくは担当官にお尋ねください。実力テストの結果が悪くても、冒険者登録を拒否することはございません。あくまで育成のサポートを行いやすくするための、参考記録とさせて頂いております。逆にテストの結果が良ければ、Ｆランクを飛ばしてＥランクからスタートして頂けます。頑張ってくださいね」

受付嬢からテストを受けるための用紙を渡され、透はとぼとぼと訓練場に向かった。

訓練場は体育館の半分ほどの広いホールだった。現在は時間が遅いため誰もいないが、普段は冒険者が戦闘訓練を行っているのだろう。壁際には使い込まれた木製の武器が立てかけられていた。

受付ホールとは違い、訓練場の地面は踏み固められた砂で出来ている。

「おう、新しく冒険者登録するって奴はお前か」

訓練場を観察していると、透の背後から野太い声が聞こえた。

振り返ると、そこにはスキンヘッドの筋骨隆々な男がいた。顔はどう見てもカタギではない強面である。彼はシャツにスラックスという出で立ちだが、衣服を筋肉が押し出して、服本来の形がわからなくなっている。

彼は透の顔を見て一瞬驚いたように目を見開いたが、すぐに立ち直り大きな手を差しだした。

「紙をよこしな。受付から貰っただろ？」

透は受付嬢から貰った紙を渡す。男はその用紙にさっと目を通し、落胆した表情を浮かべた。

「なんだ、劣等人かよ」

「グラーフ殿、その言い草はあんまりではないか？」

透に付き添っていたエステルが、その男――グラーフの口ぶりに噛みついた。しかしグラーフはエステルの言葉などどこ吹く風と聞き流す。

「はあ……。怪我だけはしないように気をつけてくれよ。俺も手加減はするが、手加減にも限界はあるからな。運悪く怪我させちまって文句を言われんのは面倒だ」

「私の話を――」

「まあまあ」

ポニーテールを逆立てたエステルを宥《なだ》めながら、透は前に出る。

「実力テストというお話ですが、なにをすればいいですか？」

「あー、俺は一切手を出さないから、あそこにある武器を使って俺を攻撃しろ。得意武器があるならそれを使え。って言っても、無職の劣等人にゃ得意武器なんてねぇか」

グラーフの言葉に挑発の色はない。含まれているのは、諦めだ。劣等人が強いはずがない。テストを行うまでもない。始めから結果はわかっている、と。

（きっと、過去に何度か迷い人と手合わせしたことがあるんだろうなあ）

透は彼から、そんな雰囲気を感じた。

「迷い人って、そんなに弱いのか……」

壁に立てかけられた木刀を手にして、透は思う。

赤子からエアルガルドで生活しているわけではない迷い人は、普通に生きていれば身につくはずの力を身につけていない。

たとえば言語がそうだ。普通に生きていれば、育った地域の言語が話せるようになる。

標高の高い地域で生まれ育てば、心肺機能が強力になる。幼い頃からピアノを習っていれば、手が大きくなり、小脳が肥大化する。

そんな『育った環境によって自然に身につくはずの力』が、迷い人は欠落しているのではないか。そう透は考えた。

透はスキルボードで能力を補正してはいる。

（けど、エアルガルド人にはあって、迷い人にはない決定的な差があるかもしれない）

故に透は、一切の油断を排してグラーフの前に立つ。

透は挑戦者だ。すべてに対処される前提で、最初から全力で戦うまでだ。

一度瞼《まぶた》を閉じて、精神を集中させた。

「……ふぅ」

深呼吸をして、深く深く、潜っていく。

伸ばした手が、極限集中《ゾーン》に届いた。

一秒が、永遠に引き延ばされる。

そこで、透は瞼を開く。

木刀を中段に構え、まっすぐグラーフを見た。

「……行きます」

「いいぜ、いつでも来い」

透は僅かに腰を落とし、呼吸を止めた。

次の瞬間、

「――ッ!?」

透は自らの間合いに男を捕らえた。

グラーフが目を見開く。

だが、男はまだ動かない。

（チャンスッ！）

透はそのまま、木刀を振るって払い抜ける。

――ドッ!!

肉を打つ音が訓練場に響き渡った。

透が放った胴薙ぎが、グラーフの土手っ腹に綺麗に入った。

攻撃を受けてグラーフが後方に飛ばされた。

ごろんごろんと三度転がり、やっと停止した。

透は二の太刀を振りかぶった体勢のまま固まった。

「……あ、あれ？」

透はグラーフに攻撃が防がれる前提で動いていた。だが、彼は一切防ぐ素振りすら見せなかった。その事に、透は驚きを隠せない。

（てっきり、防がれると思ったんだけどなあ……）

あるいは透は、男が筋肉で受けきるものと考えていた。しかしどうも男は、その分厚い筋肉で透の攻撃を受けきれなかったらしい。

「うごご……」

男が壁際で蹲ってプルプル震えている。すぐに立ち上がる気配はない。

「よくやったぞ、トール！」

透の後ろではエステルが歓喜の声を上げた。

「さあ、行けトール！　追撃を行うのだ！」

「いや、そういうルールじゃないよね!?」

よほど彼の侮蔑が腹に据えかねていたのか、エステルが快哉《かいさい》の叫びをあげた。しかしここで追撃しては、訓練ではなくただの暴行である。

透はため息をひとつ吐き、木刀の先を降ろしたのだった。

○

新規登録する冒険者のテストを行って欲しいと言われ、訓練官であるグラーフは足早に訓練場に向かった。

もう日が落ちたこともあって、グラーフは帰り支度をしていたところだった。時間的に、実力テストを行うのなら明日でも良かった。

だが、グラーフは直ちにテストを行うことを選んだ。理由は新人冒険者が好きだからだ。

かつてCランクの冒険者だった彼は、齢四十を迎えた頃、冒険者の引退を決めた。

Cランクともなれば、一流の冒険者だ。依頼をこなせば莫大《ばくだい》なお金が稼げるし、なによりCランクになるまでにかかった時間と努力は相当だ。簡単に手放せるものではない。

それでも寄る年波には勝てない。いくら肉体をいじめ抜こうとも、力の衰えは彼を確実に呑《の》み込んでいた。

意地を張ったところで命を落とせば意味がない。そう思い、彼は潔く現役を退いた。

冒険者の中には『死ぬなら戦場で』という奴もいる。だがグラーフは命が大切だった。なにをするにも、命あってこそだからだ。

冒険者を引退したグラーフは、その実力を買われてギルド職員となった。担当は訓練官である。

元々グラーフは新人育成に興味があった。彼は新人冒険者を見ると、どうしても世話を焼きたくなるのだ。

そんな彼にとって、訓練官は天職ともいえるものだった。

グラーフが訓練場に足を運ぶと、ひと組の男女の姿があった。片方はしばらく前に冒険者になり、現在Eランクに上がったエステルだ。

彼女には素養がある。このまま腐らず鍛錬に励めば、Cランクに手が届くのではないか、とグラーフは見込んでいる。エステルは、それほどの逸材だった。

今回実力テストを行うのは、当然ながらエステルではない。隣にいる少年である。

フィンリスあたりでは見ない、黒髪に黒目という珍しい色を持つ少年だった。何故か彼の衣服が血液のシミで染まっていたが、グラーフはほんの少し驚いただけですぐに受け入れる。

冒険者の職場は戦場だ。返り血に濡《ぬ》れた程度で驚いていては、冒険者は務まらない。

衣服のシミよりも、グラーフは彼の雰囲気が気になった。彼は通常ではない、異質な雰囲気を纏っていた。一瞬、グラーフはまるで自分が、ドラゴンに睨まれたゴブリンにでもなった気がした。

（遂にAランクを目指せる傑物が現れたか⁉）

彼から渡された用紙を見て、しかしグラーフの沸き立った血は一気に平静を取り戻した。

「なんだ、劣等人かよ」

冒険者の新規申込用紙の備考欄には、迷い人と書かれてあった。おまけに職業は無職とある。

途端に、グラーフの新人への期待値が底辺まで下落した。

劣等人は、レベルが一から上がらない。本来レベルアップによって底上げされるはずの身体能力が、迷い人は一切上がらないのだ。

その原因は、『成長限界』にある。

レベルの上限は、人間が生まれながらに定められている。これを成長限界と呼ぶ。

エアルガルド人だと、どんなに低くてもレベル二十はある。高いものだと九十を超える猛者もいるという。

この成長限界が、迷い人の場合レベル一なのだ。過去、一人の例外もなく……。

成長限界に縛られ、肉体の成長をもたらすレベルアップが出来ない。これが、迷い人が劣等人と呼ばれる所以であった。

もし職業が無職ではなく、剣士や魔術師であれば、グラーフもこれほど落胆はしなかった。何故ならレベルが上がらなくとも、職業次第では戦闘力をスキルで補えるからだ。

職業は神が診断した、その者の適業だ。職業が剣士なら〈剣術〉に、魔術師ならば〈魔術〉に適性を持ち、各職に対応した技術スキルが上がりやすくなると言われている。

いかな劣等人も、技量は上げられる。少年が戦闘職に就いていたならば、冒険者として活動する道は細いながらも残されていた。

しかし申込用紙には、たしかに『無職』と書かれている。

身体能力のみならず、技量さえ期待出来ない。大型新人を待ち望むグラーフが、これに失望しないはずがなかった。

そんな劣等人に、現在レベル三十二のグラーフが負けるはずがない。グラーフがその気になれば、指先一つで相手を伸《の》すことも出来るだろう（疲れるのでやらないが）。

相手を傷付けてはいけないため、グラーフは素手のまま対峙《たいじ》した。たとえ素手だろうと、余裕で完封出来る自信がグラーフにはあった。

少年（申込用紙にはトールと書かれていた）が木剣を眼前に構えた。

「――――ッ⁉」

劣等人が相手だと油断していたグラーフは、その洗練された動作に呼吸を奪われた。途端に背筋がザワザワと粟だった。

（一体、なんだってんだ……。相手は劣等人だってのに、この威圧感は。もしかして、多少の剣術は修めてるのか？）

トールの構えは、元Cランク冒険者であったグラーフでさえ簡単には攻められないほど、隙がなかった。

グラーフはトールへの評価を上方修正する。それでもまだ、グラーフに焦りはなかった。戦闘では量が質を圧倒するように、遥《はる》か頂に上りつめた技術も、圧倒的な肉体性能の前にはなんの意味もないのだ。

そんなグラーフの自信はしかし、

「……ふぅ」

トールがひとつ呼吸をした、次の瞬間に砕け散った。

「――ガハッ‼」

気がつくと、グラーフは地面を転がっていた。

喉元に胃液がせり上がる。

遅れて腹部に激痛が走った。

（一体、なにがあった⁉）

グラーフは、自分の身に何が起こったのか、全くわからなかった。

だが腹部の痛みと、グラーフを見下ろすトールの構えから、己が木剣で殴られただろうことは推測出来た。

しかし、状況が理解出来たとしても、それに納得出来るかどうかは別だ。

（俺が、攻撃されたことさえわからなかった、だとっ⁉　そんな馬鹿なっ！　相手は劣等人だぞ⁉）

元ではあるが、グラーフはCランクの冒険者だった。一般的には一流と呼ばれるランクである。

そのグラーフの認知から外れるほどの攻撃を、劣等人が繰り出せるとは、常識では到底考え難かった。

汚い手を使ったのではないかとか、トールではなくエステルが攻撃を仕掛けたのではないかとか。痛みと吐き気に耐えながら、グラーフは必死に頭を巡らせた。

しかし、どの考えも説得力に欠けていた。かといって、正当な手段で一本取ったのだともグラーフは考えられなかった。

普通であれば、まずはトールに攻撃されたと考えるべき状況だ。だがグラーフが持つ迷い人への知識が、その解を選ぶことを拒んだ。


「……ひとまず、実力テストはこれで終わりだ」

腹部の痛みが落ち着いてから、グラーフはそう告げた。手元の用紙に実力テストの結果を書き込み、トールに手渡す。

「ところでトール。お前は剣術を習ったことがあるのか？」

「剣術……というか剣道を、学校の授業でちょっとかじった程度ですよ」

「剣道？」

耳慣れない言葉に首を傾げるも、そういえば彼は迷い人だったなとグラーフは納得する。剣道とは、彼が元いた世界にあったものなのだろう。

学校は、エアルガルドにも存在する。とはいえ誰でも入学出来るわけではない。同年代のごくごく一握りの、才覚有る者のみである。

（トールは、元の世界でエリートだったのか）

戦闘前にあれほどの圧を感じたのも頷ける。しかしそれでも、目で追えないほどの動きの説明は付かないままだった。

「いやはや、なんだったんだあれは」

訓練場を去る二人の背中を見送りながら、グラーフはぽつりと呟《つぶや》いた。まるで夢を見ていた気分だった。だが腹部に残留する痛みが、これは現実だと強く訴えていた。

実力テストで、グラーフは申込用紙に三パターンいずれかの回答を記入する。

戦闘能力が高い者には◯を。どこかしら難点はあるものの鍛えれば使える者には△を。戦闘能力皆無ならば×を。

今回実力テストで、グラーフがトールに下した判断は――

「まさか俺が、相手の実力を判断出来ない日が来るとは思わんかったな……」

〝俺じゃわからん〟

――実力テスト担当者として、お手上げ宣言だった。

◯

訓練場から戻った透は、実力テスト担当官の男から貰った紙を受付に渡した。さらりと中に目を通した受付嬢だったが、

「えっ？」

ある一点を二度見し、さらには凝視した。

「あのぅ、トールさん。実力テストを行って来たのですよね？」

「はい」

「試合の結果は……？」

「一応、勝たせて貰いました」

「ええっ!?」

透が勝利を口にすると、受付嬢は目を見開いて喫驚した。

「あのグラーフさんから一本を？　そんな……」

「トールは凄いのだぞ！」

何故かエステルが自慢げに胸を張る。ポニーテールも『どうだ！』と言わんばかりに堂々と揺れた。

「実力テストの担当をするくらいですから、あの方はギルドで相当の実力者なんですよね？」

「ええ、そう、ですね……」

トールの言葉に、マリィはぎこちなく頷いた。

彼が言った通り、グラーフは元Cランク。一流の冒険者だった。しかしいくら相手が迷い人だからといって、相手に勝ちを譲るような人物ではない。

グラーフは冒険者の戦闘能力の是非に対して、とても強い信念を持っている。また相手が誰であろうと、不正や不法を軽蔑し、努力や正義に肩入れする。凶悪そうな顔に見合わぬ倫理観も備えている。

その彼が――グラーフがあえて負けたなど、マリィには考えられなかった。

（迷い人との診断が当たった時は私の勘が鈍ったのかと思いましたけど、やはりトールさんは第一印象の通り、超優良物件ね！）

ギルドの受付は激務である。気性の荒い冒険者を相手に、神経を使いながら手早く業務を遂行する。素材や討伐証明の部位など、重い荷物を持たなければいけないし、少しでも業務の手が遅れると冒険者から容赦なく怒鳴られる。おまけに給料はとても安い。

しかし、それでも受付業務は倍率の高い職種である。

その理由は、冒険者との繋がりが出来るためだ。将来有望な冒険者と繋がれば、あわよくば玉の輿《こし》に乗れる。

Dランクの冒険者までは、さしたるお金は稼げない。だがC以上は違う。たった一日で数ヵ月分の生活費を稼いでしまえるのだ。

家にいるだけで旦那が超高額のお給料を運んできてくれて、一流冒険者の嫁という低級貴族にも匹敵するほどの名声も手に入る。

そんな結婚《システム》に乗れる可能性が高いのだから、たとえ激務であろうとも受付嬢を狙わない女性はいないというものである。

（トールさんをものにすれば、私も将来安泰よ……うふふ）

さてどうやって貰いでもらおうかしら。げへへ。

マリィは営業スマイルに努めながら、内心暗黒スマイルを浮かべた。

「さすがトールさんですね」

「……なあトール。お前はコレになにかしたか？」

はにかむ受付嬢の雰囲気とは真逆に、エステルが透に絶対零度の視線を向けた。

まったく身に覚えがない。透は『自分は無実だ』と言わんばかりにブンブンと頭を振る。

「ギルドの実力者から一本を取るほどの腕前。トールさんは将来が楽しみですね！」

「トールぅ……？」

「知らない。なにも知らないから！」

エステルから発せられる謎のプレッシャーに、透の足がガクガクと震え出す。このままでは透の細い肝が潰れそうだ。

「あのぅ、申請手続きを進めて頂いてもいいですか？」

「あ、はい。脱線して申し訳ありませんでした。それでは実力テストが完了致しましたので、ギルドカードの発行を行います。今回の実力テストの結果は少々特殊な事例でして、私としてもどうしようか迷うところなのですが……。念のためにという意味で、トールさんはFランクからスタートさせて頂きたいのですが、よろしいですか？」

「もちろん」

透は首を縦に振る。

「ありがとうございます。それでは冒険者ギルドの規約についてお話しさせて頂きます」

受付嬢はカウンターの下から使い込まれた羊皮紙を取り出した。その羊皮紙に書かれた文字をなぞるように、ギルドの規約を説明する。

規約は、特に難しいことはない。一般人をみだりに攻撃してはいけないとか、依頼人に不利益を与えてはいけないとか、勘定をごまかしてはいけないとか。社会人として十年近く生きてきた透にとって、ごく当たり前のものばかりだった。

また依頼の受け方や、報告方法、素材の買取などの簡単なレクチャーを受ける。

「同じ冒険者同士での諍《いさか》いは御法度となっておりますが、自衛や任務が絡む場合はその限りではありません。同じ冒険者だからと気を抜きすぎないよう、ご注意ください。

依頼を一定数こなしますと冒険者ランクが上昇、またはランクアップクエストへの挑戦権が得られます。ランクが上昇しますと、より報酬の高い依頼を受けることが出来ますが、難易度も高くなります。依頼の失敗率だけでなく、命の危険も高まりますので、ご了承ください。

注意点ですが、事前準備をおろそかにしたですとか、そもそも実力に見合っていなかったなど、特別な理由なく依頼を失敗致しますと、違約金が発生します。さらに失敗を重ねますと、冒険者ランクが下がることがございます。

ランクに拘わらず、失敗の内容によっては登録抹消もございます。登録が抹消された場合、一定期間再登録不可となりますのでご注意ください。なにかご質問はありますか？」

「はい。ギルドのランクについて少し詳しく教えていただけますか？」

「ギルドのランクですが、下はFから上はAまでございます。こちらのランクですが、魔物のランクと紐付《ひもづ》けされております。ですが、必ずしも自分のランクと同じランクの魔物が倒せるわけではありませんので、ご注意ください。ランクの具体例につきましては、こちらの紙をご覧下さい」

冒険者と魔物のランクについての具体例が紙に記されていた。

・Aランク＝世界一位級冒険者：ドラゴンなど
・Bランク＝国一位級冒険者：オーガキングなど
・Cランク＝街一位級冒険者：トロルなど
・Dランク＝中堅冒険者：ゴブリンキングなど
・Eランク＝一般冒険者：ゴブリンなど
・Fランク＝駆け出し冒険者

（へぇ……。ゴブリンって、Eランクの魔物だったんだ）

「他にはなにかございますか？」

「いえ、大丈夫です」

「それでは、ギルドカードをお渡し致します」

受付嬢が名刺サイズのカードを差し出した。透が持つと、カードの表面に文字が現れた。

「おおー！　文字が浮かび上がった」

「先ほどトールさんから読み取りました魂の波長を、ギルドカードに登録しております。これによりカードが持ち主の魂の波長を読み取り、表面に文字が浮かび上がる仕組みとなっております。カードを紛失しても、悪用される危険性はありませんのでご安心ください。ただ紛失いたしますと、再発行料として銀貨十枚頂きますのでご注意くださいませ」

銀貨十枚となると、十万円相当だ。十万円近いものなど日本ですら持ったことがない透は、カードを持つ手が僅かに震えた。

「あ、ありがとうございます」

「おめでとう。これでトールも晴れて冒険者だな」

「うん、そうだね」

「ここで一つ、先輩として忠告するぞ」

唐突にエステルが先輩風を吹かせるように、人差し指を立てて僅かに顎を上げた。

「冒険者は舐められたらダメなのだ。依頼の取り合いになったら、依頼人は強そうな方を選ぶだろう？　トールの口調は丁寧で好ましいが、口調が弱そうだと、依頼の回りが悪いらしいのだ。ほかにも依頼人によっては、冒険者じゃなくて商人崩れだと判断するから、丁寧な口調は避けた方が良いぞ」

「そう、なんですか？」

エステルの弁が間違っているとは思わないが、偏っている可能性はある。透は受付嬢を向いて首を傾げた。

「エステルさんの言葉は概ね正しいですよ。冒険者のあいだでは、そういう風潮があるのは事実です」

「概ね、ですか」

「時と場合と相手によります」

「なるほど」

たとえば組織の長と会談する場合は、それ相応の態度が求められる。冒険者だからといって乱暴な態度では教養を疑われる。

ようはＴＰＯはわきまえろ、ということだ。

「ちなみに私どもは、口調で冒険者を区別いたしませんので、お気遣いなく」

いくら冒険者を区別しないとはいっても、受付嬢はロボットではない。人間だ。態度が悪ければ、心証が悪くなる。

これは日本でも同じ。自分が優越的な立場にいるからと威丈高な対応をしていては、人心は離れていくばかりだ。

この場合、舐められてはいけないのは冒険者間と依頼人なので、それ以外の人にあえて乱暴な口調で接する必要はない。

「わかりました。ご忠告、ありがとうございます」

受付嬢の言葉に、透は丁寧語で返した。すると受付嬢は満面の笑みを浮かべた。どうやら透は彼女の試験に合格したようだ。

「……とーるぅ？」

「ひゃう⁉」

エステルのおどろおどろしい声に、透はギクリと肩を震わせた。危うくギルドカードを取り落としそうになった。

再発行に十万円もかかるカードを誤って放り投げ、隙間に入って取れなくなった、なんて状態はシャレにならない。失くさないよう、透はギルドカードを〈異空庫〉へと大切に収納した。

「……先ほどはお伝えするのを忘れておりましたが」

受付嬢がカウンターから軽く身を乗り出し、透に顔を近づけた。

「〈異空庫〉は非常に珍しく、それだけで有用なスキルです。実力が付くまでは〈異空庫〉持ちであることがバレないようご注意ください。人を操る方法など、いくらでもございますので」

（ひえっ⁉　なにそれこわい……）

受付嬢の脅しは、透の心胆を寒からしめた。

「以上でギルドの説明は終了となります。なにか質問はございますか？」

「いいえ、大丈夫です」

「それでは、先ほどお預かり致しました、土の精霊結晶のお話をさせて頂きます」

受付嬢が査定結果の書かれた紙を取り出し、透に見えるよう差しだした。

「精霊結晶は全部で十五個。非常に高品質なものばかりでしたので、一つ銀貨十枚に若干色を付けさせて頂きました」

合計には一万五千五百ガルドと書かれていた。精霊結晶の一万五千ガルドに、五百ガルド上乗せされている。

（たった一日で日本での給料数ヵ月分くらい稼いじゃったんだけど！）

「こちらの結果でよろしいでしょうか？」

「え、あっ、はひ」

その金額に畏《おそ》れ戦《おのの》いていた透は、若干うわずりながらもなんとか頷いた。

受付嬢が銀貨百五十五枚入った布袋を運び込み、透は〈異空庫〉に放り込もうとする。だが先ほど言われた『バレぬよう注意しろ』との忠告を思い出し、しぶしぶその手にがっちりと抱えた。


いきなり大金を手にしてしまったものだから、透は気が気でない。通り過ぎる人や後ろから近づく人が、まるで自分のお金を狙っているように感じられる。

（ふえぇ……。早く〈異空庫〉に放り込みたいよぉ）

泣きそうになる透を余所《よそ》に、エステルが笑みを浮かべながら話しかけてきた。

「それじゃあ、トール。新しい服を探しに行くぞ。ゴブリンの血はしつこいのだ。血は落ちるが、生臭さは消えない。全部新しいものに替えた方が良いのだ」

「そうだね。じゃあ服屋さんに案内してもらっていい？」

「了解した」

エステルとともに服屋に向かい、古着を数着購入した。そのお金はエステルが払ってくれた。

自分が払うと言ったのだが、「私を助けたことで衣服が汚れたのだ。これくらい私がはらうぞ。むしろ払わせてほしい！」と、がんとして譲らなかった。

透は衣服の購入くらいなんてことない大金を抱えていたが、エステルの言葉に甘えることにした。そうしなければ、いつまで経っても平行線で終わらなそうだったためだ。

最後に、透はエステルに宿を教えて貰った。

「他には、何か知りたいことはあるか？」

「うーん。あっ、そうだ。魔術ってどうやって使うかわかる？」

「あー、魔術か。わかるにはわかるのだが……」

これまでハキハキ答えていたエステルだったが、ここへきてどうも歯切れが悪い。

「どうしたの？」

「いや、トールは迷い人だろう？　魔術が使えるのかどうか、わからなくてな」

「ああ、そういえばそうだね」

なんせ迷い人は劣等人と呼ばれるくらい、エアルガルド人よりも性能が劣っていると言われている。魔術は扱えないかもしれない。エステルがそう思うのも、無理はない。

「元の世界にはないものだから、使ってみたいとは思うけど、使えなかったら諦めるよ」

「そうか。魔術は大通りを少し歩いて、あそこの小道を抜けた先にある店で売ってるぞ」

「売ってる？」

「ああ。魔術は基本的に購入するものだぞ」

「おー、そうなんだ！」

日本では存在しなかった魔術が、いよいよ使えるかもしれない。そう思うと、透はすぐさまお店に向かいたくなった。だが、フィンリスの店は既にほぼ全てが閉まっている。お店への突撃を泣く泣く諦める。

「ほ、他には何かあるか？」

「うーん……特にないかな」

「なんだったら、明日も私がフィンリスを案内するぞ！」

「いやいやいや。さすがにそれは悪いよ」

エステルはランクEの冒険者と、透よりも格上であり、そして先輩だ。もちろん彼女から手ほどきを受けたい気持ちはあった。しかし、透が彼女を時間的に拘束することで、彼女の稼ぎを目減りさせるわけにはいかない。

「冒険者同士でパーティを組むということも出来るのだが、どうだ？」

「有りがたい申し出だけど……。僕じゃ役立たずだよ」

透は新人冒険者であり、劣等人だ。パーティを組んでも彼女の足を引っ張る未来しか、透には見えなかった。

「いや、しかし――」

「いろいろありがとう、エステル。本当に助かったよ。もしエステルに出会えなかったら、僕はどこかで野垂れ死んでたかもしれない」

「……」

「何か困ったことがあったら、真っ先に頼らせてもらうよ。それまでは、一人で頑張ってみようと思う。まずは一人で頑張らないと、誰かに頼る癖が付くし、成長出来ないからね」

「……そうか。そう、だな」

透の言葉に、エステルの表情がずーんと沈んだ。

彼女には悪いとは思ったが、透のそれは本心である。

自ら手を動かし、考えなければ、いつまで経っても成長しない。

透がエアルガルドで生き抜く上で、最も大切な基礎知識をこれから養わなければいけない。そのためには、まず一人でトライ＆エラーを繰り返すのが良いだろうと、透は考えている。

エステルから教わった宿の前で、透はエステルに向き直った。

「それじゃあ、エステル。またいつか」

「えっ、あ、ああ……」

エステルが曖昧に頷いた。その様子を最後まで見ずに、透は踵《きびす》を返した。

このまま彼女を見ていたら、後ろ髪を引かれそうだった。明日一緒に冒険に出よう！　と言いたくなってしまいそうだった。だから透は振り切るように、足早に宿に入っていった。

「いらっしゃいませー！」

宿に入るとすぐに、割腹の良い中年女性が威勢の良い声を上げた。

「ご宿泊のお客様でしょうか？」

「はい。一部屋お願いします」

「お食事は朝晩とありますが、如何なさいますか？」

「両方お願いします」

「それでは一泊四十ガルドでございます」

四十ガルド――日本円で四千円だ。朝晩の食事が付いてこの値段はかなりのものだ。透はその値段の安さに驚いた。

「どうだトール。この宿は安いだろう？」

「あ、ああ。すごくビックリした。まさか食事もついて四十ガルドなんて――って、えっ？」

後ろから話しかけられた透は、振り返って驚きの声を上げた。そこには先ほど別れたはずだった、エステルの姿があった。

「……なんでエステルがいるの？」

「私もこの宿に泊まっているからな！」

「そうだったのか……」

意を決して振り切った覚悟を返せ。

「女将。上客を連れてきたぞっ。私の恩人でもあるので、たんまりサービスしてやってほしい」

「エステルちゃんお帰りなさい。あいわかったよ、任せておきな」

「ああ、それとトールの部屋は二〇一号室が空いてたらそこで頼む」

「二〇一号室？」

透は首を傾げた。

（エステルが女将に『たんまりサービスしてやって欲しい』と口にしていたので、他よりも良い部屋なのかな?)

「ああ、私の部屋の隣だぞ!」

「おいっ」

さすがに女性の隣部屋はまずいだろう、と思った透だったが、日本のホテルではそういうことは普通だったか、と思い直す。

しかし女性から『部屋、隣同士だね』などと言われれば、これはこれで恥ずかしい。

透はこれでも(中身はオッサンだが)体は健全な青少年なのだ。相手にまったくその気がなくても、男として意識してしまうので、辞めて頂きたい。

「女将さん。二〇一号室以外でお願いします」

「いんやぁ、悪いねトールさん。丁度二〇一号室しか空いてないみたいなんだよ」

「なん、だと……」

そんな馬鹿な。透が唖然《あぜん》とする目の前で、女将がニヒヒと笑った。部屋がないというのは嘘《うそ》か。

確信犯め。透はぐぬぬと喉の奥で唸《うな》る。

袋の中から銀貨を取り出し、ひとまず七泊分精算する。女将がカウンターに鍵を載せると、横からひょいっと鍵が取り上げられた。

「それじゃあトール、部屋に案内しよう!」

鍵を素早く取ったエステルが、透を部屋に先導する。

「いや、部屋くらい一人で行けるから」

「迷ったらどうするのだ？」

「迷わん。ほら鍵を渡せ」

「いいからいいから。どうせ私の部屋の隣なのだぞ。同じ道征《ゆ》く仲間ではないか」

「格好良い言い方だけど、ただの隣室の人だからね？」

「まあまあ堅いことを言うな。ほら行くぞっ！」

腕をぐいっと引かれ、透は宣言通りエステルに二〇一号室（階段を上ってすぐの部屋だった）へと案内されたのだった。

部屋に入るなり、衣服を着替えてベッドに倒れ込むと、透は夕食も取らずにそのまま眠ってしまった。

フィンリスに来るまでに様々な出来事があった。まるで数日分の出来事がぎゅっと凝縮したような一日だった。透は疲れを感じていなかったが、心はかなりくたびれていたようだ。

それでも朝日が昇る前にはバチッと目が覚めた。リッドの体が生活のリズムを覚えていたのだ。

透は宿の中庭に出て井戸水で顔を丹念に洗う。冷たい水に頭の中が冴《さ》え渡る。それでもどこかに眠気が滞留している。

透は周りに誰もいないことを確認し、【魔剣】を顕現させた。

スキルが導く通りに体を動かし、【魔剣】を振るう。

無意識だった動きを少しずつ意識して、脳と体にすり込んでいく。

学校の授業以外で剣術に触れたことのない透にとって、振るだけで達人級の動きが出来るスキルの存在はありがたい。

しかし、無意識に出来るものを、無意識のままにしておくのは不安だった。技術を理解して、自分の意思でコントロールできるようにしておきたかった。

自動的に動く型が一通り終わる頃には、透の頭の中から眠気はすっかり消えていた。

「おはようトール。朝から精が出るな」

「ああ、おはようエステル」

エステルが宿の中から現れた。彼女は軽く欠伸をしながら、井戸水で顔を洗った。

彼女は薄手のシャツにズボンと、なんとも無防備な出で立ちだ。昨日までは胸当てに隠れて見えなかった女性としての主張が、しっかりシャツを押し出している。

（エステルってこんなに大き……いかんいかん）

蠱惑的《こわくてき》な膨らみに視線が吸い込まれ、透は慌てて頭を振る。

外では後頭部に纏めていたエステルの髪の毛は、現在さらりと下ろされていた。朝一番の太陽が彼女の髪の毛を照らした。日の光は金色の髪の毛に、キラキラと反射する。

女性が顔を洗っている。ただそれだけの光景に、透は思わず見惚れてしまった。

「トール、今日も良い天気だな」

「そうだね」

「絶好のパーティ日和だなっ！」

「そんな日和はないから」

その言い方では仲間ではなく宴会である。

唐突な勧誘に、透はがくっと肩を落とした。彼女はまだ、透とパーティを組むことを諦めていないようだ。

「……っていうか、どうして僕なの？」

「トールは信用出来るからな！」

無条件の信頼が怖い。もし透がとんでもない悪党だったらどうするつもりなのか。透は彼女の未来が不安になった。

「これでも人を見る目はあるのだぞ？」

「ふぅ～ん」

これほど信用出来ない言葉もない。透はじとっとした目でエステルを見た。

だがエステルは自分の勘を疑っていない様子だ。透に疑いの眼差しを突き刺されても平然としている。

「普通なら一目散に逃げ出すようなゴブリンの大群を前に、トールは命惜しさに逃げ出さなかったではないか。人間は危機に瀕《ひん》した時こそ本性が出るという。あの時のトールの行動は、十分信用に値すると思うのだ」

「たしかに、そういう考え方もあるんだろうけど……」

「それにな、トール。本当に信用ならない者は、自らを信用する者を拒まないものなのだぞ」

「うっ」

正鵠《せいこく》を射ているエステルの言葉に、ぐうの音も出ない。

トールが言葉を詰まらせるのを見て、エステルは『あと一押しかな？』と思った。

エステルがトールとパーティを組みたいと思うのは当然だ。トールは腕っ節が非常に強い。だから威丈高になることも、虚勢を張ることもない。

彼はお金にも誠実だ。たかが大銅貨一枚の借りを、お金が手に入るや否や彼はその場で返済した。

いまのやりとりで、トールが人を騙《だま》せない性格だということもわかる。

顔立ちも、見れば誰しもうっとりする程のものではないが、決して悪くもない。

またエアルガルドの男性と違い、エステルの体を性的な目で見ないのも良い。エステルはあえて無防備な格好でトールの前に姿を現してみたが、彼はまったくと言って良いほど無反応だった。その無欲さは『トールの世界では、男に性欲がないのか？』と多少心配してしまうほどだった。

人間は動物だ。動物として子孫を残さねばならないのだから、性欲があるのは仕方ない。だがそれを抑えられるかどうかは、異性間でパーティを組む上でもっとも重要なポイントである。

トールはエステルと出会ってから、終始目を輝かせていた。彼は迷い人だから、エアルガルドの全てが物珍しいのだ。根が悪人ならば、このような目はまず出来まい。

自らが育った世界を見て純粋に喜ぶ彼の姿を、エステルは非常に好ましく感じた。

エステルはこれまでソロで活動してきたが、ソロにこだわりがあるわけではない。冒険者を続けるならば、パーティの結成は必須だと考えている。

そこに、トールという逸材が現れた。

彼が迷い人という点だけは気になったが、戦闘力には一切の不安も不満もない。

このチャンス、決して逃すものかと、エステルは気合が入っていた。

「私は是非トールとパーティを組みたいと思っているのだ」

「パーティを組むなら、迷い人の僕なんかじゃなくて、もっと強い人の方が良いと思うけど……」

「私はトールがゴブリンの大群を倒すところをこの目で見ているのだぞ。誰がなんと言おうと、私はトールの力を信じている」

なんと素敵で力強い台詞であるか。しかし面と向かって言われると、これほど恥ずかしい言葉はない。透はたまらず視線を外した。

透はパーティ結成が、自分やエステルの将来を決定してしまうのではないかと感じていた。

パーティを組むと、仲間の命に責任が生じる。透はその責任を、自らの背に負えるのかがわからないのだ。

透はエステルのことを恩人だと考えている。良い人なのだとも。その相手からこれだけの台詞をもってパーティに誘われて、嬉《うれ》しくないはずがない。

しかし、だからこそ気軽に答えは出せない。

答えに窮した透は、はぐらかすことにした。

「……それじゃあね、エステル。答えはまた今度で」

「あっ、おい、トール！」

エステルの勧誘を躱《かわ》し、透は自室に戻る。トレーニングで汗ばんだ体を拭き、身だしなみを整えて宿の食堂に向かった。

透が食堂に入ると、既にエステルが椅子に座っていた。彼女の前には朝食が用意されているが、まだ手が付けられていない。

「トール、こっちだぞ！」

手を上げてブンブン振るが、透はそれをあえて無視して隅の席に座った。

そんな透の態度に、エステルがぷくっと頬を膨らませた。朝食が載ったお盆を持ち上げ、足早に透が座る席に近づいてきた。

「トール。ここ空いているか？」

「満席です」

現在、四人掛けのテーブルに、透一人しか座っていない。

「どう見てもスカスカじゃないかっ」

「わかってるなら聞かないで」

「……っ！　～♪」

透はぞんざいな対応をしたつもりだったが、何故かエステルはご機嫌な表情を浮かべ、透の前の座席に座った。

「なあトール！」

「ダメです」

「まだ何も言ってないのだが⁉」

どうせ「パーティを組もう！」とでも言うつもりだったのだろう。透がそんな目で見ると、エステルの視線がすいっと泳いだ。

そこから透とエステルは、他愛のない話をして食事を取った。時々エステルが「パーティを組もう」と言いかけることがあったが、それを透は軽い〈威圧〉で封殺した。

朝食は黒いパンに塩スープとサラダだった。黒いパンは非常に堅く、嚙み千切ろうとすれば歯が欠けそうなほどだ。

「……エアルガルドの人って、顎が強いんだね」

「いやいや。さすがに私もこれをそのまま食べるのは無理だ。これは、こうやって食べるのだぞ」

エステルがパンの先端をスープに浸した。黒パンは、スープで柔らかくしないと食べられないようだ。

透もエステルを真似し、パンを浸してからかじり付いた。すると先ほどまでの堅さが嘘のように、パンはあっさりと嚙み千切れた。

「……んー」

色が黒いので、透はてっきり個性的な味がするものだと思っていた。しかし予想に反して、黒パンはほとんど味がなかった。

味がしない黒パンとは対象的に、スープの塩味が強い。パンと合わせて食べるためのスープなのだ。

「それにしても……」

本当に、ただ塩味が付いただけのスープである。出汁などない。辛うじて入っている具材は、乾燥肉だけだ。余った材料をぶち込んだだけにしても酷い。

サラダはほとんど雑草という見た目だった。恐る恐る口にしてみる。

「……うん」

意外や意外。これが一番美味しかった。ややほろ苦いものの、日本で舌が肥えた透でも食べられる美味さだ。これにドレッシングがあれば、一気に化けるだろうポテンシャルを感じる。

「ねえエステル。この朝食って、エアルガルドで一般的なの？」

「大抵はパンとスープだけだと思うぞ。この宿はサラダが付いている分、お得なのだ」

「そ、そうなんだ」

少しだけ『エアルガルドって貧困なんじゃ？』と思った透だったが、日本も朝食はパンとコーヒーがメジャーである。大して変わらない。

一番問題なのは味だ。それに栄養素も気になる。味のないパンに塩辛いだけのスープ。辛うじてサラダはあるが、とても健康的な食事とは思えない。

「パンはおかわり自由だよ。どうだい一つ？」

「……いえ、結構です」

「なんだい、たんと食べないと大きくなれないよ？」

「すみません……」

それは女将の優しい心配りだったが、透は丁重にお断りした。

お腹は満たされていないが、脳は『これ以上食べたくない』と訴えている。

それもそうだ。お湯でふやけた味のないパンに、塩をかけて食べているようなものなのだ。いくらお腹がすいていても、お腹いっぱい食べたいとは到底思えない。

この問題を放置しては、いずれ痩せ細って倒れかねない。

この時より、美味しい食事の確保が透にとって、重要な課題の一つとなったのだった。


朝食を取ったあと、透は自室の窓を開け、そこから飛び降り宿を脱出した。

このまま普通に宿を出れば、エステルに延々と後をつけられそうな気がした。実際、透の〈察知〉スキルは玄関で待機しているエステルらしき存在を捕らえていた。

透は昨日エステルに教わった、魔術販売店に向かうつもりでいる。出来るならば一人で、誰にも気を遣わずに、ゆっくりと店の商品を眺めたかった。

透は〈異空庫〉から出しておいた干し肉を、ガジガジ噛みながら歩く。黒パンとスープより、干し肉の方が美味く感じる。リッドは料理の腕が確かだったようだ。

「どんな魔術が置いてあるんだろう。楽しみだけど、まず魔術が使えるかどうかだよなあ」

透はスキルボードで〈魔術〉と〈無詠唱〉にポイントを振っている。スキルボードを信用するなら、完全に使えないことはないはずだ。

しかし透は迷い人。劣等人と呼ばれるような存在である。

「地球には魔術なんてなかったしなあ。多少スキルを割り振ってても、使用には苦労するかもしれないなあ」

あれこれ想像を巡らせながら歩いていると、エステルに紹介されたお店にたどり着いた。

魔術販売店はこぢんまりした木造の建物だった。外壁を植物が覆い尽くしている。パッと見はただの民家だが、入り口上部に『魔術書店リリィ』と書かれた看板が設置されていた。

「ごめんください」

扉を開けると、目と鼻の先にカウンターがあった。透が身動きが取れるスペースは二畳ほどしかない。そのかわり身動きを取らなくても、ほとんどの商品が確認出来るよう、壁すべてが棚になっている。

書店のような棚には、商品と思しき紙がぎっしり並んでいた。『銀貨一枚～』と書かれたプレートの棚は、よれることも厭《いと》わず紙が縦に並んでいる。対して『金貨一枚～』と書かれたプレートの棚は、紙が額に入れられ、面で陳列されていた。

ゆっくり息を吸い込むと、インクと紙と、そして木の匂いが仄《ほの》かに香った。

「すごく落ち着く。良いお店だなあ……」

まるで森の中の小さな本屋にいるみたいで、居心地が良い。

透がお店の雰囲気にウットリしていると、入り口の扉が勢いよく開かれた。

「ごめんくださぁい！」

「えっ、あれ？」

「おおー、トールではないカー。奇遇だナー」

扉を開いたのは、エステルだった。彼女は偶々《たまたま》出会ったかのように装っているが、言葉は完全に棒読みである。透の行動を読んでここにやってきたのは明白だ。

宿からいなくなったことに気づかれたか。にしても、気づくのが早い。

彼女はどうやって透が宿から消えたことに気づけたのか……。透は気になったが、知らない方が幸せな気がする。

「一応聞くけど、なんでエステルがここに来たのかな？」

「それは当然、私も新しい魔術を覚えたいからに決まっているではないか」

「ふぅん」

そう言われると、頭ごなしに否定出来ない。

透は一旦彼女の弁を受け入れて、尋ねる。

「エステルって魔術が使えたんだ」

「………」

何故黙る。透はじとっとエステルを眺めた。

「その子は魔術がほとんど使えない。……なにしに来た？」

エステルを目で問い詰めていると、カウンターの奥から抑揚の少ない声が聞こえた。

振り向くと、そこには思わずはっとしてしまうほどの美少女がいた。

艶のある深茶色の髪に、白い素肌。緑色のローブを身に纏った少女が、眠たげな目を透らに向けていた。

その少女は、耳の先端が尖《とが》っていた。

「エルフ？」

透の呟きに、少女は小さく頷いた。

エルフ。日本では長寿種として有名な架空の種族である。

透の言葉で、眠たそうな目がさらに眠たげになった。透が耳をじっと眺めていると、その耳がピクピクと動いた。

「……なに？」

「あっ、すみません」

ジロジロ見過ぎたか。透は慌てて視線を外した。

「魔術を使いたくてエステルに相談したら、このお店のことを知りまして。なにか、魔術を教えて頂けないかなぁと……」

「……そう。ならまずこれに手を翳《かざ》して」

少女はカウンターから黒いマットと、透明な玉を取り出した。透明な玉は先日ギルドで見た水晶に似ている。

「それは、魂の鑑定をするやつですか？」

「違う。これは魔力を測定する。うちの魔術書は完璧。でも、魔力がないと魔術は使えない。言いがかりは許さない」

彼女の言葉には自身の商品に対する絶対の自信と、そこはかとない怒りが滲《にじ》んでいた。

かつて、魔力のない者が魔術書を購入して、魔術が使えず『不良品』だとクレームを入れられたことがあるのだろう。

「二度と言いがかり出来ない体にした」

「……」

クレームを入れた者の末路を聞いてしまった。透はぶるりと震える。

透の耳にエステルが口を近づけ、小声で言う。

「エルフは長寿だからな。こう見えて、リリィ殿は恐ろしく強いのだぞ」

「こう見えては余計」

筒抜けだった。

店主（リリィという名らしい）の耳が、ピクピクと得意げに揺れた。

（やっぱりエルフって、長寿種なのか）

見た目は透より若い。だがエルフの場合、見た目がイコール実年齢とは限らない。汚れを知らぬ少女といった雰囲気があるが、『透の数倍長生きしている、恐ろしく老獪《ろうかい》な魔術師』という可能性もあるのだ。

リリィの逆鱗《げきりん》に触れぬよう注意しよう。そう、透は心に誓った。

「手を載せるとどうなるんですか？」

「魔力があれば、玉が光る。あと、適性のある属性がわかる」

リリィが黒いマットを指でつついた。じっとマットを見ても、特別な仕掛けがあるようには見えなかった。

「玉が光らなかったら？」

「さようなら」

リリィがマットを突いていた指を、すいっと扉に向けた。彼女の直接的な態度に、透は思わず苦笑した。

迷い人である透は、エアルガルドにおいて劣等人と呼ばれる存在だ。水晶に手を置いても、光が点《とも》らない悲しい未来が待っているかもしれない。

「……よしっ！」

覚悟を決め、透は水晶に手を載せた。

手を置くと、水晶の内部からぼーっと白い光が発生した。

「おー、点った！」

「やったのだな、トール！」

後ろからのぞき込んだエステルが嬉しそうに声を上げた。

その光はゆっくりと水晶を満たした。

水晶に白い光が満ちると、今度は同じ色の光が黒いマットに現れた。光は水晶の底からマットを伝い、魔方陣とおぼしき円を一つ描いた。その円から四方に光が伸び、小さな魔方陣が生まれた。

「えっ、うそ……」

魔方陣を見て、リリィが小さく声を上げた。彼女の様子は気になったが、透はそれよりマットに浮かび上がる幻想的な光から目が離せなかった。

光はやがて、小さな魔方陣を繋ぐように線を延ばした。

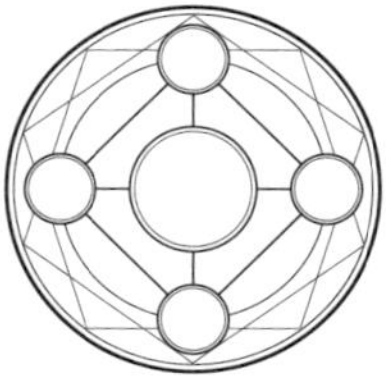

そしてすべてが繋がった時、外側の円すべてを曲線が繋いだ。

ここまでおおよそ十秒の出来事だった。透の人生で、一位二位を争う感動の十秒だった。

「光が点ったってことは、僕は魔術が使えるってことで良いんですよね？」

「……待って」

リリィが透の手をペチッと払い、素早く水晶とマットをカウンターから下ろした。カウンターの下でごそごそと作業を行っているが、透の位置からはなにをしているかが見えない。

「……正常。でも、おかしい。そんな……ノネットなんて、ありえない」

やがて上体を起こしたリリィが、

「壊れた」

どこかスッキリした顔をして呟いた。

「えっ、もしかして、壊しちゃいました？」

「気にしないで」

「いや、でも……」

「経年劣化。偶々、運が悪かっただけ」

「そ、そうですか？　でも、弁済した方が……」

「大丈夫。その代わり、いっぱい買ってってって」

リリィが商品棚すべてをぐるっと指さした。どうやら透は彼女から、商品購入の許可が貰えたらしい。

「僕は魔術が使える、ということでいいですか？」

「ん」

「おー！」

「ただし、どこまで出来るかは不明。発動しなくても、クレームは受け付けない」

つまり、魔術の使用は手探りだということだ。とはいえどの世界でも、自分に出来ることが最初からわかっている者などいない。すべては手探りから始まるものだ。

透は早速商品棚に目を走らせた。

「リリィ殿から全棚の購入許可が貰えるとは。トールは凄いのだな」

「ん、普通は魔力があれば購入出来るんじゃないの？」

「魔力があっても、適性属性以外は購入させて貰えないのだぞ。例えば私は無属性にしか適性がないから、この棚以外の商品は購入出来ないのだ」

「へぇ、エステルは無属性魔術が使えるんだね」

「一応な。とはいっても、無属性は他と違って自己強化に特化した魔術だからな。見栄えはかなり地味なのだ」

「でも、自己強化って色々応用が利きそうな属性だよね」

透は無属性と書かれた棚に目を走らせた。

《筋力強化》《嗅覚強化》《聴覚強化》《視覚強化》《味覚強化》など、確かに見た目が派手な魔術はない。しかし、剣を手にして戦うならば、有用な魔術ばかりだった。

無論、剣士以外にも有用だ。視覚や聴覚の強化魔術は、スカウトならば必須技能と言って良い。

透は中でも戦闘に使えそうな《筋力強化》《聴覚強化》《視覚強化》《嗅覚強化》の四つを取り出しカウンターに置いた。

無属性以外の魔術は、火・水・土・風・光・闇・精霊・空間と八種類ある。

中でも安いものは銀貨五枚から。《着火》や《給水》、《乾燥》など、日常生活で使える魔術だった。

まず透は、生活魔術の《着火》、《給水》、《乾燥》を手に取った。

続いて戦闘に使える魔術の中で比較的安価な《ファイアボール》、《ウォーターボール》、《ロックニードル》、《エアカッター》をピックアップした。

基本四属性の棚を眺める透は、高い位置にある高額商品に目が留まった。

「《フレア》！　値段は――ッ！」

値段を見た透は目を剝いた。金貨十枚。とても手が出る値段ではない。

「この《フレア》って、やっぱり強いんですか？」

「《フレア》は上級魔術。初心者じゃ魔力不足。使えない」

「……そっか」

強い魔術が、そう簡単に手に入るはずがない。かなり興味があったが、透は《フレア》の購入を諦める。

四属性以外の魔術からは、光の《ライティング》、闇の《ブラインド》をカウンターに置いた。

精霊・空間魔術は、一枚ずつしか商品がなかった。精霊魔術が《精霊喚起》。空間魔術が《空破断》。それぞれ額縁に入れて飾られている。

名前が格好良いので是非購入をと考えた透だったが、一枚のお値段なんと金貨百枚！

売る気があるのか疑わしいほど、強気の価格設定である。

透が購入を決めた魔術は合計で一万ガルドになった。銀貨百枚を支払い、透は早速その魔術書の使い方をリリィに尋ねる。

「マナを通して魔術を発動する。一度発動すると、魔術が魂に刻まれる」

「この魔術書がなくても使えるようになるんですか？」

「そう。使用後は、魔術書は消える。中古転売不可」

「わかりました。今日はありがとうございました。なにかあれば、また買いに来ますね」

「ん」

リリィにお礼を言い、透は足早に店を後にした。

「トール。これから魔術を身につけにいくのか？」

「そうだけど。エステルは？」

「丁度暇だからな。トールが魔術を使うところを見に行こうかと」

「いや、仕事しようよ」

「今日は休養日なのだ！」

「そ、そう」

どう断っても付いて来そうである。

エステルは既に無属性魔術を覚えている。なら、魔術の使用でなにか困ったことがあったら、彼女に教えてもらえるかもしれない。

○

『魔術書店リリィ』の店内で、店長であるリリィは頭を悩ませていた。

これまで生きてきた百余年で、九属性すべてに才覚のある〝ノネット〟を見たのは、初めてのことだった。

魔術に自信のあるリリィでさえ、六属性の〝セクステット〟。しかもそのうち一属性は、長い歳月をかけて才能を開花させた属性だった。

「あの子は、なに？」

魔術に素養のある人間の多くは、二属性もちの〝デュオ〟となる。

この店にやってきたエステルは、一属性のみの〝ソロ〟。魔術は出来るが、素養がないと言われるタイプだ。

魔術素養のある者の中で、一万人に一人が三属性の〝トリオ〟、十万人に一人が四属性の〝カルテット〟となる。

五属性〝クインテット〟ともなると、魔術師人口全体の〇・〇一％にも満たない。

これまでリリィが知る最大数の属性持ちは、七属性の〝セプテット〟で、世界にたった一人しかいない。その者はリリィの師匠であり、森の大賢者と呼ばれている。

トールと呼ばれた少年は、リリィの師からさらに二つも多い属性を持っていた。おまけに光と闇――相克を起こす二属性を同時に持つなど、リリィは聞いたことがない。

「でも、どこまで魔術が使えるかは未知数……」

いくらすべての魔術への適性があろうと、すべての魔術が扱えるとは限らない。

魔術は適性があっても、鍛錬とレベル、魔力量によって使用の可否が決まる。

なにより大切なのは、理論とイメージだ。

いくら鍛錬を重ね、レベルを上げ、莫大な魔力を抱えていても、理論とイメージがおざなりであれば、発動しても十全な効果は見込めない。

「今後、どうなるか、楽しみ」

ただ、彼はまだ若い。今後、どのように成長していくかは未知数だ。

（もし魔術の深淵《しんえん》を覗こうというのなら……）

その時は自分も共に深淵を覗こうではないか。そう、リリィは微笑むのだった。

○

エステルに連れられて、透はフィンリスの外までやってきた。

透は元々宿の中庭で試し撃ちしようと思っていたのだが、街中で魔術の試し撃ちをするのはさすがに危険だと、エステルに強く止められたのだ。

彼女の弁は非常に正しい。魔術が発動しなければ、なにも問題はない。だが万一魔術が暴走すれば、宿が被害を受けていたかもしれないのだ。

透がその点に思い至らなかったのは、魔術が手に入って気分が高揚していたせいだろう。

「さて。それじゃあどの属性から覚えようかな」

「まず私と同じ無属性からが良いのではないか。無属性なら私も教えられるし、それで魔力を扱う感覚を知れば、別の魔術も使いやすくなるかもしれないぞ」

「なるほど、そうだね。じゃあ無属性からいこう」

透は早速〈異空庫〉から、無属性の魔術書を取り出した。

「トール。魔術書にマナを通しながら、表面に浮かび上がる呪文を読み上げるのだ」

「……うん、どうやるの？」

エステルの説明に、透は苦笑した。

マナそのものは知っている。透の認識では、マナは魔術を扱う源のようなものだ。だが、そのマナの扱い方がよくわからない。

「体の中にある、筋力以外の力を意識するのだ」

「筋力以外の力……」

「そうだ。筋肉に力を入れずとも、力を込めると力が入り、なにかが湧き上がるような感覚がある。それが魔力であり、マナなのだ」

エステルの口から出てくる『力』のオンパレードに、ゲシュタルトが崩壊しそうだ。

気を取り直し、透は彼女の言を信じて目を瞑《つぶ》る。脱力して、体の内側に意識を向けた。

しばらくすると、透は体の中にまったく別の出力器官があることに気がついた。

「……なるほど」

実際に感覚がわかると、意味不明だった『力を入れずとも、力を込めると力が入り』というエステルの言葉の意味が、はっきりと理解出来た。一旦理解すると、エステルの説明以外あり得ないとさえ思えてくる。

確かに、エステルが言った筋肉以外の器官で力を込められる感覚はあった。

その感覚を意識しながら、透は《筋力強化》の魔術書を持った。すると、魔術書の表面に薄ら文字が浮かび上がった。

「『魔の理により て我が肉体を強化せよ。《マイト・フォース》』——えっ、うお⁉」

文字を読むと同時に、手にしていた魔術書が実体を失い、光となって透の胸に飛び込んだ。

透は驚き腕を交差させる。しかし光は腕を通り抜け、胸の中に染みこんだ。

「一発で成功とは、やるじゃないかトール！」

「せ、成功したらこうなるんだ」

突然の出来事に、透は心臓がバクバク音を立てていた。

たしかに店長のエルフは、魔術書が消えるとか中古転売不可などと言っていたが、まさか『魔術書が光になって体内に消えるから転売出来ない』など考えもしなかった。

「これで《筋力強化》の魔術が透の魂に刻まれたはずだ。一度試してみると良いぞ」

「さっきの詠唱を口にすれば良いの？」

「そうだな。《筋力強化》くらいなら、慣れれば〈無詠唱〉も可能だぞ」

「ふむ」

透は既に〈無詠唱〉スキルを取得している。

（あれが技術ツリーにあったのは、練習で習得が可能だからか）

「……」

透は再び内なる力を意識して、《筋力強化》の魔術を発動させる。

今度は〈無詠唱〉で、だ。

全身に力が行き渡った感覚を覚えた、次の瞬間。

「――ふっ！」

透は地面を踏み込み、前に飛び出した。これまで経験したことのない加速を感じた。視界の端を景色が高速で流れていく。

《筋力強化》、〈無詠唱〉共に成功だ。

「〈無詠唱〉も出来るとは言ったが、さすがにいきなり成功するとは……」

透の後ろで、エステルが目を丸くしていた。さすがにいきなり〈無詠唱〉はおかしいと思われたか。しかし、練習して出来ることが練習なしで出来ただけだ。それは決して、特別なことではない。

（練習なしで成功する人って、世の中には意外と沢山いるからなあ……）

透は《筋力強化》の具合を確かめながら、ステップを踏みつつ元の位置まで戻ってきた。

「この魔術、結構良いね。まだ維持に意識が持って行かれるけど、慣れれば無意識でも維持出来るかもしれない」

「普通は動きながら使えるようになるまでに、一ヵ月はかかるものなのだがな……」

いままでは自分よりも小さな魔物が相手だったから良い。だが、自分よりも大きな魔物を相手にする局面が来ないとは限らない。

サイズ差は、直接力量差となる。質量が大きい方が、攻撃力も大きいのだ。そんな物理現象を乗り越えるには、《筋力強化》は必須技能である。

今後の冒険者生活を思えば、無意識に発動し続けられるくらい習熟せねばなるまい。

それから透は、購入した魔術書を次々と使用した。なかでも基本属性である四種類の魔術に、透は感動した。

《ファイアボール》は地面を抉《えぐ》り、《ウォーターボール》は抉った地面をさらに抉った。

《ロックニードル》は地面をギザギザにし、《エアカッター》はギザギザ大地を刈り取った。

生活魔術は派手さこそないものの、非常に有用だった。

《着火》があれば素早く火起こしが出来るし、《給水》は魔力さえあれば飲料水が出せる。《乾燥》があれば、雨の日だって洗濯日和に早変わりだ。

透は一度魔術を詠唱し、次からは〈無詠唱〉で発動を試みた。詠唱を行うより若干威力は弱まったが、それでも発動が圧倒的に速い。

近接戦闘中に魔術を発動出来れば、手数が増えるので相手を押さえ込みやすくなる。また相手からの攻撃を、咄嗟《とっさ》の魔術で回避出来るかもしれない。

「ちょ、ちょっと待てトール！　お前は大地を破壊する気か⁉」

透が魔術の試射を行い、でこぼこになって見る影もない大地を指さしながら、エステルが肩を怒らせた。

「いや、そうは言うけど、地面に向けて撃った方が良いんじゃない？」

「普通の威力ならそうなるが……。さすがにこれだけでこぼこになったら、衛兵から文句を言われるかもしれんぞ」

「うっ、さすがにそれはまずいね。じゃあ、遠くを狙う？　でも、人がいたら危ないんじゃないかな」

「弓矢と同じで魔術も距離で減衰するのだ。目に見える範囲に人がいなければ大丈夫だろう」

「そっか、わかった。試しにやってみるね」

エステルの言葉を信じ、透は遠くに向けて《ファイアボール》を放った。

――ボッ！

射出された《ファイアボール》が、まるで音速の壁を超えるが如き音を発してぐんぐん前に進んでいく。

「「……」」

進んでいく。

「「…………」」

進んでいく。

「「……………」」

《ファイアボール》が点になり、透たちの場所から見えなくなった。その直後。地平線の向こうから空に向かって火柱が上がった。

「……トール、すまない。どうやら私は思い違いをしていたらしい。さっきの言葉は忘れてくれ」

「……う、うん」

魔術は決して、遠くに向けて放ってはいけない。透は胸に深く刻み込んだ。

続いて透は《ライティング》に挑戦する。

《ライティング》を唱えると、小さな灯りが現れた。それは設置型の魔術だった。好きな場所に設置したら、込めたマナが尽きるか術者が消そうとしない限りは、延々と光り続ける魔術だ。

「光魔術に素養のある者の多くは、最初にこの《ライティング》を覚えるという話だぞ。これがあれば、蠟燭《ろうそく》代が削減出来て、夜更かしし放題だからな！」

「なんか、遊びたい盛りの子どもみたいな理由だね」

「なにを言う。夜更かしは勉強するために行うものじゃないか。……もしかして、トールの世界では違うのか？」

「あー、そうだね。夜更かしは、どちらかといえば悪いことってイメージがあったよ」

ゲームにパソコンなど、日本は夜になっても遊べる道具があった。

しかしエアルガルドにはゲームもパソコンもない。夜に出来ることといえば、勉強か内職くらいしかないのだ。なんとも健全な世界である。

「僕の世界では夜更かしをすると、親に早く寝なさいって怒られるんだ」

「それは、こっちの世界も同じだな」

そう言って、エステルが苦笑した。どの世界の親も、子どもを寝かしつける仕事は同じらしい。

続けて透は《ブラインド》を覚えた。

《ブラインド》は派手ではないが、相手の視界を塞ぐ魔術だ。戦闘中にこれが放たれれば、戦況をがらりと変えられる。

「使い方次第で、化けるな」

購入した魔術に満足しきりの透を余所に、エステルは驚愕《きょうがく》しきりだった。

まず、たった一度の使用で魔術の〈無詠唱〉に成功したことに驚いた。

今日初めて魔術を使ったトール——それも迷い人が〈無詠唱〉に成功したものだから、エステルはまるで〝巨乳のエルフ〟に出会ったかのような、世界が崩壊するほどの衝撃を覚えた。

「……あり得ない」

さらに驚くべきは、魔術の威力である。トールが何気なく放った魔術は、ことごとく地形を変形させるほどの威力を持っていた。おまけに目に見えない遥か彼方まで、魔術が減衰せずに届いてしまった。

名のある魔術師の上級魔術が、ではない。

初心者の初級魔術が、だ！

エステルは魔術師ではない。だが、魔術を目にした経験はある。通常の冒険者が放つ初級魔術に、トールほどの威力はない。

『使い方次第で、化けるな』

これ以上なにを化かそうというのか。エステルにとっては、既に化けている！

トールが使っているのは初級魔術ではなく、上級魔術だと言われても納得出来るほどだ。

そうしてなにより、トールは購入したすべての魔術を修得し切った。

初心者は魔術に慣れていない。必要以上に力んで魔力を多く消費してしまう。そのため初心者は魔術を数発使うだけで魔力切れを起こすのだ。

魔力切れが近くなれば、目眩《めまい》や倦怠感《けんたいかん》を覚える。そこからさらに魔術を使うと、動悸《どうき》や息切れを起こし、最後には気絶してしまう。

トールはすでに魔術を数十発放っているが、魔力切れを起こしそうな気配はない。

「トールは本当に迷い人、なのだよな？」

かなり疑わしく思えてきた。実は元々エアルガルドで生まれ育ったのだと言われた方が、まだ納得出来る。

エステルは迷い人を差別する気はさらさらない。だが、それでも劣等人と呼ばれるに相応しい境遇――レベルが一から上がらないことを知っている。

その一般的な迷い人像から、トールはあまりにかけ離れすぎていた。

「やはりこれは、なんとしてもパーティを組むべきだな」

エステルはトールに、返しきれないほどの恩を受けた。

ゴブリンの大群を相手にしたあの場面で、エステルは死を覚悟した。

その死から、トールが救い出してくれたのだ。今後一生をかけても、トールには頭が上がらない。

ただ、それとは別にこうも思っている。

『トールとパーティを組めば、どこまでも行けるのではないか？』と。

事実、トールはゴブリンの大群を黒い長剣一本で切り倒した。剣士としての実力は十二分にある。その上、魔術もずば抜けている。

冒険者として超優良物件である。なんとしてでも、彼とパーティを組みたかった。

ただ、それにはエステル自身の実力が問題だ。

「……やはり、並び立てないとダメ……だよな」

パーティは平等だ。誰かが支えるだけ、支えられるだけでは、いずれ破綻する。お互いに、足りない所を補い支え合うからこそ、パーティが機能する。

彼とともにパーティを組むには、エステルの能力はいささか足りなかった。

「こうしてはいられないな」

トールが魔術の修得に勤しむ横で、エステルは長剣をすらりと引き抜いた。

(冒険者を続けるためにも、トールに選んで貰うためにも、もっともっと、強くならねば！)

トールの横に並び立つために。エステルは雑念を捨て、ただ無心で訓練を行うのだった。

○

透は初めて使う魔術に夢中になった。

つい興が乗って「くっくっく」とか「静まれっ静まれっ」など、中二病的台詞を口ずさみたくなった。

今回はギリギリ踏みとどまったが、次にいつ発作が起こるかわからない。魔術の中二力《ダークサイドパワー》は危険である。

魔術を使う間に、透は意識を変えると魔術が変化することに気がついた。

たとえば《ファイアボール》。なにも考えずに放てば、十センチほどの炎の球が目標に向けて飛《ひ》翔《しょう》する。

発動前に意識すると、炎のサイズを変えられるし、魔術に込める威力も増減させられた。

透は『今のは《フレア》ではない。《ファイアボール》だ』という遊びがしたいがために、サイズを極小にして威力を極大まで高めてみたが、

「と、トールッ！　なにをしているのだ⁉　それはマズイ、今すぐやめるのだ‼」

エステルが激しく取り乱した。なにを大げさなと思った透だったが、尋常でない彼女の様子にそら恐ろしくなり、試射を中止したのだった。

威力だけではない。魔術は色も変化させられた。

《ファイアボール》は炎色反応をイメージすると、様々な色に変化させられる。

《ウォーターボール》はＢＴＢ溶液を想像すると、黄や緑、青に変化させられた。

《ロックニードル》は特定の物質を多く含むようイメージすると、白や黒に変化させられた。ただ、頑張っても金色や銀色には出来なかった。

《ロックニードル》が金色や銀色になったら面白いなーとは思ったが、そもそも通常の平地は金銀を多量に含有していない。だから色が変化しないのだ。他にも、含有量の少ない物質への変更は出

来なかった。

唯一色が変わらなかったのが、風魔術だ。

空気に色はない。世界には色の付いた空気が存在するかもしれないが、透は知らない。知らないから、魔術に反映させられなかった。

「色のついた煙を集めて放てば、《エアカッター》にも色が付けられると思うんだけど……。まず煙を用意しないとだし、手間がかかるんだよなあ」

ただし、出来たからといって魔術の威力が変化するわけでも、使い勝手が良くなるわけでもない。ただの趣味である。

透は様々な実験を行いながら、体に魔術を馴染ませた。気がつくと、既に日が傾いていた。

「ああ、お腹減った……」

集中力が切れると、ぐぅとお腹が不満の声を上げた。

透は他の人の迷惑にならないよう、でこぼこになった大地を魔術で整地する。

「トール。そろそろ帰るぞ」

透に付き合うように自己鍛錬に励んでいたエステルが、剣を鞘《さや》に収めてタオルで顔を拭っていた。

これまで彼女は、透の魔術練習の邪魔はしなかった。話しかけてきたのは、透の《フレア》もどきの《ファイアボール》を止めて以来である。

「なんか、付き合わせちゃったみたいでごめん」

「いや。私も訓練に集中出来たから丁度よかったのだ」

二人は足早にフィンリスの門を抜け、宿に戻る。抜いた昼食の分を補うように美味しくもない夕食を食べ、自室に戻った透はすぐさま布団に潜り込んだ。

ちなみに夕食は靴底のように固く、塩味が濃厚なステーキだった。


就寝前。透はふとファンタジーものの定番トレーニングを思い出した。それは筋トレのように、『魔術を使い続けると、魔力が増える』というものだ。

そこで透は魔力増強のために、寝る前に魔術を使い込もうと考えた。

使う魔術は――当然ながら攻撃魔術の類いではない。そんなものを使えばあっという間に宿が消滅する。使うのは、家の中でも安全な《ライティング》である。

とはいえ、普通に《ライティング》を使えば部屋が明るくて眠れない。なので透は、布団の中に《ライティング》を仕込むことにした。

「何個くらいいけるかな？」

試しに十個入れてみる。だが、魔力が減った気がしない。

一つずつ入れていた透だったが、途中から面倒臭くなり一気に大量に放り込んだ。途端に、布団がＵＦＯの底面のように輝き出した。光だけで浮かび上がりそうな光量である。

これを直視しては目が眩《くら》んで、失明していたかもしれない。だが透は《ライティング》発動後に魔力を使い果たし、そのまま気絶。運良く失明の難を回避したのだった。

翌日、目を覚ました透は、

「なにこれ……」

めくった布団の中からあふれ出した輝きに、しばし言葉を失った。

頭が動きだしてやっと、「そういえば夜に《ライティング》を沢山仕込んだんだったな」と思い出した。

夜のあいだに消えたものもあるが、それでもかなりの数の《ライティング》が布団の中に残っていた。

光り輝く布団での起床は、かなりシュールな体験だった。まるで蘇《よみがえ》ったツタンカーメンにでもなった気分である。あちらは布団ではなく石棺だが……。

さておき、透は無言で《ライティング》を消しながら、支度を調える。

日が昇るとすぐに宿を出た。昨日は魔術が使いたいという欲求を存分に満たせたので、今日はギルドの依頼を受ける。

ギルド内はしんと静まりかえっていた。冒険者が仕事を始める時間ではないのだ。

冒険者はいないが、ギルドは営業していた。いつ何時なにが起こっても対応出来るよう、二十四時間誰か彼かはギルドにいるのだ。

受付には人がいないが、ベルが設置されている。ホテルのフロントと同じで、ベルを鳴らせば人が現れるようだ。

透はギルドの依頼が張り出された掲示板を眺めた。

「Fランクでも受けられる依頼は……ここか」
・荷物運び――一日大銅貨五枚。
・配達――一日大銅貨四枚。
・水道清掃――一日大銅貨六枚。
これだけを見れば、冒険者とは名ばかりで、実際はただの人材派遣業なのだと感じてしまう。だが、これも大切な仕事だ。いずれも街にはなくてはならない業務である。

透はその中から、『薬草の採集』という依頼を見つけた。

この依頼は常設であるため、失敗条件がない。薬草を持ってきたら、持ってきた分だけ報酬が支払われる仕組みである。

「失敗がないのは良いな」

透には無理だが、リッドの記憶を用いれば薬草が採集出来る。たぶん大丈夫だろうと、透は深く考えることなくこの『薬草の採集』依頼を行うことにした。

依頼は常設であるため、受付で申請しなくても問題ない。透はそのままギルドを出た。

道沿いにある屋台で昼食用の肉焼きを買い、誰にも見られない場所で〈異空庫〉に放り込んだ。

「おう、坊主。ええと……たしかトールだったか。今日は一人か」

「はい。これから薬草の採集に行ってきます」

「いきなりか。うーん、まっ、頑張れ」

「え、あ、はい」

衛兵にギルドカードを提示して、フィンリスの門を出る。

「……なんだったんだろう？」

透は門を出る際の、衛兵の表情を思い出した。なにか言いたげな表情だった。だが、彼はなにも言わず、透を見送った。

「薬草の採集って、難しい依頼だったのかなあ？　危険があるとか？　でもFランクの依頼だからなあ」

考えてもわからない。

「まあ、失敗はないから大丈夫か」と、透は森へと駆け足で向かったのだった。

森の中には、様々な植物が繁茂している。透にとって、それら植物はいくら眼を凝らしても、ただの雑草にしか見えない。しかしリッドの記憶を引き出すと、様々な効果を持った植物であることがわかった。

シビレ草、辛味草、甘味草、消毒草……。リッドの記憶にも正式名はなかったが、味は一発でわかる。

「……もしかしてリッドって、この草ぜんぶ食べたことあるのかな」

彼は狩猟をメインに生活していた。だが、毎日必ず獲物を狩れるとは限らない。獲物が見つからない日だってあったはずだ。

そういう時、リッドは空腹を紛らわすために草を食べていたのだ。

シビレたり、辛さに苦しんだり、甘い草を見つけて喜んだりしながら、リッドが草を食べている姿を思い浮かべると、透はどうしようもなく泣けてきた。

透は日本で、なに不自由なく生活してきた。お腹をすかせて、草を食べることなんて一度もなかった。どんなに貧困でも、行政や支援団体のお世話になればひとまずは食事にありつけた。それが普通だった。

そんな生活がどれほど恵まれたものだったか……。

エアルガルドは、日本とは違う。手を抜けば、透も明日の生活費に困って草を食べる生活を余儀なくされる。

「頑張らないと！」

透はエアルガルドでの生活への決意を新たにする。

森の中を歩くと、薬草は簡単に見つかった。その採集方法も、リッドの記憶に残っていた。なるべく中心の茎を一本だけ、根を傷付けぬよう摘み取るのだ。そうすることで、薬草は枯れずに新たに芽を出し成長する。

たびたび野犬が透に近づいてきたが、軽く〈威圧〉するだけで尻尾を巻いて逃げて行った。

以前よりも野犬との遭遇率が高い。

「もしかして同じ個体に狙われてるのかな？」

あまりにしつこいようであれば、斬って捨てるか。しかし見た目が犬なので、積極的に殺めたくない。

「なるべく近づいて欲しくないんだけどなあ……」

透は考え事をしながら、頭上に《ファイアボール》を四つ浮かべた。それをグルグルと頭上で回転させる。

発動した《ファイアボール》は、威力を控えめにしている。途中で魔力が切れては危ないし、威力が強すぎると木々を燃やしてしまう。

《ファイアボール》を発動したのは、自分には足りない魔力操作の訓練を行うためだ。これを無意識に行えるようになれば、魔術の発動がぐっと楽になるだろう。

《ファイアボール》四つが楽になってきたら、今度は五つで。五つが楽になったら六つでと、徐々にその数を増やしていった。

希にコントロールが乱れて木を燃やしてしまうこともあったが、こんなこともあろうかと準備していた《ウォーターボール》で、透はすぐさま鎮火した。

魔術鍛錬を行いながら薬草を探していると、透はふと野犬が現れないことに気がついた。

「……僕の思いが通じたかな？」

野犬が近づかなくなったのは、殺めたくないという透の思いが通じたから――ではもちろんない。

単に、無数の《ファイアボール》が頭上で蠢《うごめ》く不審者に近づきたくないからだ。

生存本能がまともに機能していれば、そんな危険な輩に近づく阿呆《あほ》などおるまい。だがそれに気づかず満足げに鼻歌を歌いながら、透は薬草の採集をガンガン行うのだった。

太陽が傾いてきた頃、透は採集を切り上げて森を出た。森から出て、朝に購入した肉串を頬張る。

肉串を頬張ると、非常に野性的な味と強い塩分が口の中いっぱいに広がった。空腹でないなら、透は好んで食べようとは思わない。肉串は、その程度の味だった。

「香りだけは良いんだけどなあ……これ」

顎を目一杯動かして、透はモギュモギュと肉を噛む。

肉串の匂いに誘われたのか、再び野犬が現れた。だが、透の匂いを覚えていたか、遠巻きにこちらを眺めているだけだ。

涎《よだれ》をだらだら垂らしながら「くぅぅん」と切なげに鼻を鳴らす野犬を見ていると、なんとなく後ろめたい気持ちにさせられる。

だが相手は野犬。ペット犬ではない。噛みつかれて病をうつされたら一巻の終わりである。特に狂犬病は発症するとほぼ死亡する。カワイイからといって、野犬を近づかせてはいけないのだ。透は心を鬼にして、肉串を平らげた。

フィンリスの門前に到着すると、衛兵が手を上げてトールを向かえ入れてくれた。

「おうトール、お帰り」

「ただいま戻りました」

「無事でなによりだ。たしか薬草採集に向かったんだったな。どんな塩梅《あんばい》だった？」

「そこそこ採集出来ましたよ。ただ、これで足りるかはわかりませんが」

「おお、そうかそうか。そういや最近調査依頼に出た奴らから聞いたが、シルバーウルフがやけに多く出現するようになってんだって？　他にも、なんちゃらって危ない魔物が出たとも言ってたな……。その様子なら、お前は出会わなかったみたいだな」

「シルバーウルフって……もしかして、犬みたいな見た目のやつですか？」

「犬って言うと、まあ確かにそう見えないこともないが」

苦笑を浮かべた衛兵が一転して真顔になった。

「遭ったのか？」

「そうですね。結構現れました」

「お、おい。よくその格好で生きてたな……」

衛兵が眦《まなじり》を決した。彼の驚愕はもっともだ。透は現在、普通の衣服に身を包んでいるだけで、武具は装備していない。普通ならば、魔物に無手で立ち向かうなど自殺行為だ。

だが、透には【魔剣】がある。

今回は運良く使わなかったが、もし野犬――シルバーウルフが襲いかかって来たら、問答無用で切り捨てていた。

とはいえ、【魔剣】の存在を知らざる他人からは、決して透に戦闘力があるようには見えない。

冒険者にとって武具は、サラリーマンにとってのスーツみたいなものだ。ステテコ・ランニング姿で「会社で働いてました」と言っても、ご近所さんは信用してくれまい。

（あまり不審に思われるのはいけないから、ある程度はそれらしい装備をしておいた方が良いか……）

「っと、そういえばお前はエステルと合流しなかったんだな」

「はい。別行動ですね。パーティを組んでるわけじゃないですし」

「なあんだ、そうだったのか」

衛兵はガシガシと頭を掻《か》いた。

「お前は冒険者になったんだろ？」

「はい」

「あいつはちょっと、危なっかしいところがあるから、出来ればパーティを組んでくれると安心出来るんだが……いや、こんなこと言われても困るよな。悪い、忘れてくれ」

透から見てエステルは、美しい女性であり、冒険者として先輩である。パーティを組みたくないとは思わない。

だが、透は迷い人――劣等人だ。能力が劣っている者とのパーティは、逆にエステルが困るだろうと、透は遠慮していた。

「うーん。もし組むとしても、エステルにぴったりの相棒が見つかるまでかなあ」

透は道すがら、露天で麻袋を購入する。

小道に入って誰も見ていないことを確認し、透は麻袋に〈異空庫〉から取り出した薬草を詰め込んだ。

「……面倒くさい」

出来れば普通に〈異空庫〉を使いたい。だが、受付嬢の忠告が不安を煽《あお》る。なにか上手い方法はないか、追い追い考えることにする。

透がギルドに入ると、朝とは違い受付に列が生まれていた。仕事が終わった冒険者が、完了の報告を行っているのだ。

最後尾に並んでしばらく待つと、透の順番がやってきた。

「お疲れ様ですトールさん。本日はどのようなご用件でしょうか?」

「常設依頼だった薬草の採集をしてきました。確認お願いします」

「えっ、あれをお一人で?」

「えっ、なにか問題がありました?」

「いえいえ。きちんと採集出来ていれば問題ありません。それでは薬草の提出をお願いします」

「はい」

透は頷き、カウンターに薬草がぎっしり詰まった麻袋を載せた。

その袋を見た受付嬢が、カチリと固まった。

「……」

「あの、なにかありました?」

「い、いえ……あの、中を確認しても?」

「どうぞ」

受付嬢のマリィは、恐る恐る袋を開いた。中には薬草がギッシリ詰まっていた。

「えっ……」

それを見た途端に、マリィの頭の中が真っ白になった。

数秒後。真っ白な頭にまず先に浮かんだのが、『おかしい』という言葉だった。

（おかしい。私が知っている薬草採集と違う）

薬草採集をクリアするには、五本一束の薬草が必要となる。一般的な冒険者は、薬草を三～四束収めてクリアする依頼だ。

それを、一度にこの量である。尋常ではない。

軽く通常の十倍は超えているだろう量の薬草を目の当たりにしたマリィは、己の常識がガラガラと音を立てて崩れ落ちるのを感じていた。

今後有望な冒険者だとは思っていたが、まさかここまで規格外とは……。

「………」

「あの、すみません。足りませんでしたか？」

ピタリと動きを止めたままの受付嬢を、透はそっと伺った。

「い、いえいえ。十分です！　よくこんなに採集出来たと驚いてました」

「よかった……」

ほっと胸をなで下ろす。これだけ採集してまだ足りないと言われたら、落胆していたところだった。

「あの、よろしければ、どうやって採集したのか教えていただいても？」

「どうやって、と聞かれても、普通に採集したとしか……」

「ふつう……。ふつうって、なんでしょうね」

受付嬢は何故か死んだ目をしながら、薬草の査定を行うのだった。

透が集めた薬草は依頼達成量を一口として、全部で百三口分となった。思いもよらない達成数に、透はしばし固まった。

透とは逆に、受付嬢は人間らしさを取り戻した目を輝かせた。

「摘み取り方も完璧です。それに取り間違いは一つもありませんでした。素晴らしいです。トールさんは薬草の扱いに慣れていらっしゃるんですね」

「ええ。少しですけどね」

全てはリッドの体が覚えていてくれたおかげだ。その知識も、フィンリス周辺の森の中だけしか通用しない。

「少し、ですか。実はこの常設依頼、大変難易度が高いんですよ」

「Ｆランクなのに？」

「危険度はＦランクなのですが、薬草を見分ける目と、摘み取る知識が必要になります。こちらを両方持ち合わせつつ、魔物から襲撃を受けぬよう立ち回らなければいけないので、Ｆランクの依頼の中でも最も難易度が高いんです」

「そ、そうなんですね」

「新人が相次いで任務に失敗するので常設にして、失敗してもデメリットをなくしてるくらいなんです。そうしないと新人冒険者が依頼失敗を重ねて、あっという間に登録抹消となってしまいますから……」

「な、なるほど」

受付嬢の話を聞いていると、透の背中にみるみる冷たい汗が浮かんできた。

（失敗がないからって選んだけど、そういう理由からだったのか。今度からちゃんと考えて依頼を受けないと……！）

「ここだけの話ですが、薬草採集の依頼が常設になったのは、最近のことなんです。Ｆランク冒険者があまりに依頼を失敗するものですから……」

「そうなんですね」

「失敗が続いてる依頼はこれだけではないのです。最近、依頼を失敗し続けて登録を抹消される冒険者が相次いでるんです。最近の冒険者は質が落ちたと、嘆く職員もかなりおりまして……」

「はあ。大変なんですね」

「そうなんです！　おかげで、Ｅランク以下の冒険者が少なくなってしまって……。いまはまだ大丈夫ですが、この調子だと今後低ランクの依頼が回らなくなる可能性が出て来てるんです。みなさんがトールさんのように優秀な冒険者だったら良いのですが」

「あ、あはは……」

受付嬢が上目遣いで透を見た。その仕草に、透の後ろで控えていた冒険者が「チッ！（爆発しろ）」と殺意の籠もった舌打ちをした。

背中から突き刺さる怨念に、透の背中に冷や汗が流れる。

「あの、達成の手続きをお願いしても？」

「あ、はい、大変失礼いたしました。それでは依頼達成の手続きに入らせて頂きます。トールさん、ギルドカードをこちらに」

「はい」

透は受付嬢が指した、平たい石の上にカードを置いた。受付嬢がその台の側面にあるボタンを押すと、ふわりと光が浮かび上がり、カードに吸収された。

光は百三個浮かび上がった。依頼達成回数だ。その間、受付嬢はボタンを百三回も押したことになる。

「ふぅ……」

きっちり百三回分光が浮かび上がった後、受付嬢は手をブラブラさせた。

（そりゃまあ、それだけボタンを押せば指が疲れるよね……）

「お待たせ致しました。こちらが今回の報酬となります。ご確認くださいませ」

受付嬢から小さな麻袋を受け取り中を覗く。中には銀貨十枚と大銅貨三枚が入っていた。

薬草一口あたり、大銅貨一枚だ。これが高いか安いか、透には判断が付かない。相当難しい依頼だという言葉を信じるなら、報酬はかなり安い。

だが事前準備をしっかり行えば、難易度はかなり下がる。おまけにたった十口稼ぐだけで一万円分になるので、決して安くない金額である。

「そして、おめでとうございます。依頼達成の規定ポイントを超えましたので、冒険者ランクが上昇いたしました」

「えっ」

まさかこんなに早く冒険者ランクが上がるとは思ってもみなかった。

驚きつつ、透は尋ねる。

「いいんですか？　僕まだ薬草採集しかクリアしてませんけど」

「Fランクに関しましては単純なポイント制ですので、なにも問題ございません。ちょっとズルく感じるかもしれませんが、そもそも薬草採集一回で規定ポイントをクリア出来る人はまずおりませんから」

受付嬢が苦笑した。百三口分の薬草をギルドに運び込むのは一苦労だ。〈異空庫〉を持たぬ者だと、薬草依頼で一発ランクアップは難しいのだ。

「なんだか、凄く簡単すぎて……」

「Fランクはあくまで依頼をこなす基礎体力と、信頼度の観察が目的です。クリア基準が簡単だとは言いませんが、これから冒険者として活動されるのであれば、簡単にクリアして頂かなくては困るラインではあるんです」

「なるほど」

受付嬢の言葉で、透は『会社の試用期間みたいなものか』と納得した。

「Eランクからは討伐依頼が受けられます。難易度はFランクの比ではありませんので、どうかお気を付けください」

「わかりました。ご忠告、感謝します」

透は頭を下げてギルドを後にした。

――二つの鋭い視線を感じながら。


ギルドから宿に向かう途中。透の〈察知〉が尾行の気配を捕らえた。

尾行の人数は二名だ。二名はギルドを出てから、ずっと透の跡を付けてきている。勘違いかと思い、透は試しに脇道に入る。しかし尾行の気配は離れない。これで勘違いの線がなくなった。

透は角を曲がり、振り返って相手を待つ。

「「うわっ⁉」」

尾行してきた相手が角を曲がった時、現れた男二人組が、透の顔を見て喫驚した。

人の顔を見て驚くなんて失礼な。透はやや憤然として口を開く。

「さっきから跡を付けてきてたけど、なにか用？」

透は尾行相手を観察する。

相手は男二人組だった。どこかで見た覚えがある。

（どこで見たんだったかな……あっ、初めてギルドに行った日か）

初めてギルドに来た日、透に絡んできた二人組だった。

名前は知らない。興味もない。この男たちの目的もわからないが、どうせ陸でもないことだろう。それだけはハッキリとわかる。

男たちはニタニタ笑いながら、透を見下すように軽く顎を上げた。

「いやなに、冒険者について何も知らねぇルーキーに、俺達が先輩として教えてやろうと思ってな」

「あなたたちから教わることはなにもないよ」

「いやいや。大切なことがあるんだよ。なあ？」

「ああ、そうそう。たとえば、俺たちは冒険者ランクEでな。Eからもう少しでDに上がりそうなんだわ。やっぱり冒険者ってのは大変な仕事でな。俺たちみたいに能力が高くても、なかなか上に上がれねぇし、よっぽどの腕利きでも簡単に命を落とす」

「……何が言いたいの？」

透はこんな所で油を売らず、さっさと宿に帰りたかった。結論が見えない苛立ちから透が尋ねると、片方の男がニタニタ笑いながら透の肩に腕を掛けた。

「雑魚はすっこんでろってことだ」

そう言うと、男は透の腹部目がけて拳を突き出した。腕でがっちり肩をホールドされているため、避けようがない一撃だった。

その攻撃を、

「――えっ⁉」

「言いたいことはそれだけ？」

透はこともなげに片手で受け止めた。

「し、新人のくせに俺の拳を受け止めるとは生意気な！」

「てめぇ、どういうつもりだオラァ！」

（攻撃を受け止めたら逆切れって……）

透は頭がクラクラした。念のために最後まで話を聞いてみたが、やはり陸でもない結末である。

透は男の肩を軽く押した。すると男は簡単にバランスを崩し、尻餅をついた。

（劣等人の僕が押しただけでこれとは……）

受付嬢が言っていた『冒険者の質が落ちてきている』という話は、あながち冗談ではなさそうだ。

「テメェ、何しやがる！」

「いきなりEランクになったからって、調子に乗ってんじゃねぇぞ！」

「ギルドで俺達に恥かかせやがって。女を侍らせてちょっといい気になってんじゃねぇかコラァ！」

男たちは腰にさした剣を抜き、透に向けて構えた。

いよいよシャレにならない事態である。だが透は、その切っ先を冷静に観察していた。

「二度と冒険出来ない体になるか、さっき貰った報酬を置いて土下座するか。好きな方を選ばせてやるよ」

透はやっと彼らの狙いが見えた。

彼らの主張はこうだ。

『ギルドで恥をかかせたことへの謝罪と、慰謝料として透が貰った報酬を渡せ』

馬鹿馬鹿しい。透はため息を吐いた。

「やっぱり無視して追尾を撒《ま》けば良かったなあ……」

「なんだと？」

「いや、こっちの話。それじゃあ僕は帰るけど……二度と絡まないでね」

透は全力で〈威圧〉を行った。

瞬間、男たちの顔が真っ青になり歪《ゆが》む。

呼吸が止まり、喘ぐように口が開かれた。

その隙に、透は即座に全身に《筋力強化》を行き渡らせる。

一瞬で展開された強化魔術は、透の全身をまんべんなく強化した。

男たちが冷静さを取り戻すその前に、

「――せいっ」

「ぐあっ⁉」

「んがっ⁉」

透は男二人の腹部に掌底を見舞った。

手の平が接触した瞬間、男たちは盛大に吹き飛んだ。

男たちは十メートル吹き飛び、地面に落ちてさらに五メートルほど転がった。

口からゲロゲロと汚物をまき散らしているが、既に彼らに意識はない。胃痙攣《けいれん》による反射動作だ。透はそれを確認し、《筋力強化》を解いて宿に向かう。

「この程度の実力でEランクとは。やっぱり質が落ちてるんだなあ。……いや、受付嬢は基礎さえ出来ていればEランクにはわりと簡単に上がるみたいなこと言ってたし、実力はあまり関係ないのかな」

正社員でも、出来る奴と出来ない奴はいる。それと同じ。Eランクの冒険者でも、実力のある者とない者がいるのだ。

『能力主義の階層社会では、人は能力の極限まで出世する』

地球ではピーターの法則と呼ばれるそれが、エアルガルドの冒険者社会でもピタリと当てはまる。

実力がある者はさらに上へ行き、実力がない者は低ランクに留まる。

彼らは間違いなく後者だ。

「……うん。図に乗るな。図に乗ればあっさり死んじゃうぞ」

武装した男二人を一瞬で排除したが、透は自らを強く戒めた。

自分が強かったから相手に勝てた、なんて決して思ってはいけない。劣等人と呼ばれる自分が勝てたのは、相手が弱かったからだ。

「地道に一歩ずつ着実に。普通くらいまで強くなって、なんとかエアルガルドを生き延びないと……」

命が軽い世界だからこそ、慎重すぎるくらいが丁度良い。

夕食時に食堂に下りてきた透は、美味しくはない宿のご飯を食べながら、こっそり辺りを見回した。

昨日までは黙っていても「やあトール。この席空いてるかな？」と言って近づいてきた人物の姿がない。

「まだ帰ってきてないのか」

はじめは、なんで自分なんかに構うのだろう？　と少し……ほんの少しだけ鬱陶しかった。だが、エステルがいないと、これまた不思議と寂しさを感じる。

「なあに、エステルちゃんのことかい？」

透の呟きを耳ざとく聞きつけた女将が、ニマニマした表情を浮かべながら透に近づいてきた。

「え、ええ。そうですね。エステルは今日、依頼を受けたんでしょうか」

「戻ってきてないってことは、そうなんだろうねえ」

女将はあっけらかんと言った。彼女の口ぶりに、透は僅かにむっとする。あなたは心配じゃないのか？　と。

だが彼女を怒るのは誤りだ。透はすぐに自らを諌《いさ》めた。

「なあにぃ、心配なのかい？」

「……」

「まっ、そのうち帰って来るさ。冒険者ってのはさ、いつもそんな感じなんだ。依頼が終わったらエールが飲みたいからキンキンに冷やして待っててくれ、なんて言ったきり、帰ってこない冒険者もいるくらいさね」

「………」

「じょ、冗談だって。そんな怖い目で見ないでおくれよ。まっ、いちいち心配してたら、こっちの心臓がすり切れちまうって話だよ。ほら、たんと食べな」

そう言って、女将はガハガハ笑いながら透の皿にサラダをたっぷりと盛り付けていった。

なんともはや、豪快な女性である。

軽い調子で会話をしながらも、女将は透が普段なにを好んで食べているのかをちゃんと見ている。豪快でありながらも、気配りが出来る。有能な女性である。

女将の態度で、透は少しだけ心が軽くなった。

きっと、明日になればエステルは帰って来るだろう。そう自らを納得させて、透は今日も《ライティング》をたっぷり仕込んだ輝ける布団で眠った。

しかしエステルは、翌日になってもフィンリスには戻って来なかった。

3章　エステルを救え！

三日が過ぎたが、エステルはまだフィンリスに戻って来ない。この頃になるとさすがに透《とおる》も黙っていられなくなっていた。

ギルドに向かい、掲示板でEランクの依頼を確認する。張り出された依頼のほとんどが魔物の討伐で、残りは採集や調査があるだけだった。どの依頼もクリアに数日かかるものはない。少なくとも、透ならば一日で終わるだろうものばかりだった。

エステルはEランクの冒険者だ。Eランクの依頼のうち、いずれかを受けた可能性が高い。

しかし、未だに戻らない。

であるなら、エステルは依頼の途中でアクシデントに見舞われた可能性が高い。

次に透は、受付に向かった。

「すみません。ここ数日、エステルが戻らないんですが、どこに行ったかご存じですか？」

「申し訳ありません、トールさん。私どもには守秘義務がありますので、どの冒険者がどの依頼を受けたかをお答えすることは出来ないんです」

「……まだ戻ってこないということは、問題が発生した確率が非常に高い。エステルがもしいまも生きているとすれば、すぐに向かえば、エステルを助けられるかもしれません。けれど、あなたが情報を出し渋ったせいで、助けに行くのが遅れてエステルが死んでしまうかもしれない。それは、理解してますか？」

「……」

少し、脅しがすぎたか。受付嬢が真っ青な顔をして固まってしまった。その目には涙さえ溜《た》まっている。

透は無意識に発動していた〈威圧〉を消し去り、強く頭を振った。

（なんで僕はここまで焦ってるんだ……）

透はエステルとパーティを組んでいる訳ではないし、深い仲というわけでもない。ただ宿が同じ冒険者仲間という程度だ。

だが、エステルがいなければフィンリスにたどり着けなかったし、彼女がお金を払ってくれなければ、フィンリスに入れなかった。

冒険者ギルドを教えてくれたのも、登録する背中を押してくれたのも、宿を教えてくれたのも、魔術書店を教えてくれたのも、全部エステルだ。

彼女がいなければ、いま手にしている生活の半分も手に入れられなかった。

だからこそ、透はエステルに強い恩義を感じていた。もし彼女が窮地に陥っているなら、迷わず助けに向かいたいと思うほどに。

透の沈黙をどう受け取ったか。気を取り直した受付嬢が口を開いた。

「トールさん。Ｅランクの依頼は受けられましたか？　Ｅランクには討伐依頼も多くありまして、最も有名なのがゴブリンですね。他には〝シルバーウルフ〟の討伐もございます。〝森〟からはあまり魔物は出て来ませんが、〝奥〟に向かうと次第に沢山出てくるようになります。けれど、あまり奥に入りすぎますと、〝Eランクでは対処出来ない魔物にも遭遇〟することがありますので、どうぞご注意ください」

受付嬢が透の目をじっと見つめながら、所々指先でカウンターを〝カツカツ〟と叩《たた》いた。

「討伐依頼の他には、数は少ないのですが〝調査任務〟がございます。以上がEランク冒険者の主な任務となります。なにか、Eランクの依頼でわからないことはございますか？」

「——ッ⁉　……い、いえ。説明して頂いて、ありがとうございます」

「それでは——どうぞ、お気を付けて」

最後に受付嬢が、強い眼差しを透に向けた。それを受けて、透は感謝を込めて頷《うなず》いた。

受付嬢が口にしたEランク冒険者が受けられる依頼の説明だが、所々で彼女はカウンターを叩いた。

その内容をつなぎ合わせると、『シルバーウルフ・森・奥・Eランクでは対処出来ない魔物にも遭遇・調査任務』だ。

先日、透がフィンリスの門をくぐる時、衛兵が『シルバーウルフがやけに多く出現するようになった』と口にしていた。それを思い出した時、透の中で受付嬢の説明がバチバチと繋《つな》がった。

（シルバーウルフが増殖している原因を探るため、エステルはフィンリスの森の奥に調査に向かったんだ！）

そしてエステルが戻って来ない理由を、受付嬢は『エステルでは対処出来ない魔物に遭遇したのではないか？』と推測し、仄《ほの》めかした。

（エステルは、衛兵が言ってた『危ない魔物』に遭遇したのかもしれない……）

受付嬢は守秘義務を破らないギリギリのラインで、必要な情報を透に伝えてくれたのだった。

「本当に、ありがとうございます……」

この恩義に報いるため、なんとしてでもエステルを見つけ出す！

透は決意を固め、全力で森へと走ったのだった。

○

「あの少年は、たしか劣等人でしたかねぇ」

透がギルドを出て行った頃、背後からねっとりとした声が聞こえた。その声に、マリィがギクリとして肩を震わせた。

「……チーフ。冒険者を相手にその発言は感心しませんね。私たちは冒険者が依頼をこなしてくれてるおかげで、生活の糧を得ているのですよ」

「っふん。優秀な冒険者には敬意を払いますが、何故劣等人なんぞに敬意を払わなければならないんですかぁ？　もし能力不足で依頼を失敗したら、不利益を被るのは我々ですよぉ。違いますかあ？」

「そうですけど。しかし、この場での発言として不適切です。どうしても取り消さないとおっしゃるなら、上に報告させて頂きます」

「どうぞご自由にぃ」

ニマッと受付業務の長であるフィリップが笑みを浮かべ、マリィに顔を寄せた。

「それで、先ほどは彼に、なにを吹き込んでいたんですかぁ？」

マリィの背筋がゾッとした。それは彼に顔を近づけられたからではない。マリィがギルドの規則を犯してトールに情報を吹き込んだことを、彼が知っていたためだ。

守秘義務違反は即懲戒処分となる。程度は様々だが、最低でも減給だ。

（しまった……）

己が処分される未来を思い、マリィは身を震わせた。その反面、頭の冷静な部分が過去の記憶を引っ張り起こしていた。

（そういえばエステルさんに今回の依頼を勧めたのって、チーフだったような……）

ふと湧いて出た疑念が、マリィの眉間に皺《しわ》を寄せた。その様子になにか感づいたか、フィリップが肩を竦《すく》めた。

「まあ良いでしょう。今後、このようなことがないよう、情報管理は徹底してくださいねぇ」

「……はい」

――見逃された。

フィリップが奥に消えると、マリィの体に疲労がどっと押し寄せた。

――泳がされているのか。

ここ最近マリィは、フィリップの行動に奇妙な点を感じていた。特にエステルの依頼に関して、フィリップはやけに首を突っ込んでいた。

……いや、よくよく思い出してみるとエステルの依頼だけではなかった。複数の冒険者の依頼に、フィリップはたびたび関わっていた。

フィリップは受付業務を統べるチーフである。受付嬢たるマリィらに代わって、冒険者に依頼を勧めても、なんら越権行為には当たらない。

しかし彼の通常業務は、カウンターの奥での出納管理だ。依頼達成の報酬や、素材買取の決済を行っている。

（にも拘らず、どうして……）

疑問はあった。だが、なんの確証もない。

マリィはこれ以上、フィリップを追及出来なかった。もし追及しても、フィリップを追い詰められず、逆に反撃に遭ってしまう。

これ以上探りを入れられぬよう現在の職務を外され、冒険者とは無関係な部署に回される未来が想像出来る。

ギルドの受付は激務で薄給だが、マリィはこの業務に強い愛着を抱いている。曖昧な憶測で藪《やぶ》をつついてドラゴンを出すくらいなら、なにも変わらぬ今が良い。

冒険者ではないただの受付嬢に出来るのは、沈黙を守ることだけだった。

透は森の奥へ向けて全力で走った。様子見など一切しない。《筋力強化》をかけて、さらに《聴力強化》を使用した。【魔剣】を手にし、邪魔なツタは斬って捨てた。

エステルがフィンリスを出てから三日。彼女がどれくらいの準備をして任務に向かったかは不明だが、人間が持てる荷物は無限ではない。

もし彼女がなんらかの理由で身動きが取れなくなっているならば、そろそろ喉の渇きと空腹で限界を迎える可能性がある。

透はエステルが、既に息絶えているとは一ミリも考えなかった。もちろん、エステルが死んでいる可能性はある。だがそれを考えては、走る速度が鈍ってしまう。

森の中を走ってしばらく経った頃、透の聴覚が一際激しい音を摑《つか》んだ。

「……誰かが戦ってる？」

音は森の奥から聞こえてきた。耳を澄ましていると、重いものが動く振動と、女性のものと思しき声が聞こえた。

「エステルか⁉」

透はすぐさまその音の元へと走った。

森の中でエステルは、ロックワームと対峙《たいじ》していた。ロックワームは体長一メートル強ある巨大な芋虫だ。

体は岩のように硬い皮で覆われているため、エステルの剣ではなかなか歯が立たない。また芋虫の見た目をしているが、ロックワームは肉食だ。相手が人間でも構わず食べてしまう。非常に獰猛《どうもう》で、厄介な魔物だった。

ギルドからシルバーウルフの調査依頼を受けて森に入ったが、まさかロックワームが繁殖しているなど、エステルは考えもしなかった。ただシルバーウルフが増殖しすぎた程度にしか思っていなかった。

考えが、甘かった。

「……しくじったな」

ロックワームを倒すには、冒険者ランクD相当の実力が必要だ。だからエステルはその姿を見た時、一目散に逃げ出した。

エステルのレベルは、Dランク冒険者と遜色がない。基礎能力だけを見れば、ロックワームは戦って勝てない相手ではなかった。だが、それは相手が一体なら、という条件が付く。

エステルが見たのは、十を超えるロックワームの群れだった。戦ったところで勝ち目は微塵《みじん》もない。

故に、エステルは脱兎《だっと》の如く逃げ出した。

逃亡の選択は正解だった。しかし、逃亡中に冷静さを欠くべきではなかった。

命からがら逃げ出したエステルは、必死に逃げたが故に、途中から道を見失った。

フィンリスの森は、しばしばギルドの依頼を遂行するために訪れたことはあった。だが、森の奥まで踏み入った経験は、今回が初めてだ。

フィンリスの森は深く、広大だ。道を見失えば、無事に帰れる保証はない。それでもエステルは絶望に囚われず、己の感覚と記憶を頼りに森からの脱出を試みた。

ロックワームや他の魔物の影に怯《おび》えながら、昼夜問わず、エステルは必死に森の外を目指した。

森で迷ってから三日目のことだった。エステルは、森の中に突如現れた四角い空間を発見した。

四角四面に整えられたそこは、民家を四軒建てられるほど広い空間だった。空間の端には、この場所を拓いた時に倒しただろう大木が山積みにされていた。

木々は、すべて大地から十センチほどのところで几帳面《きちょうめん》に切りそろえられていた。断面は驚くほどに平滑だ。まるで鋭利な刃物で一刀両断にしたような断面である。

しかし倒された大木はいずれも、刃物で一刀両断出来るほど細くはない。

「これは、なんなのだ……」

誰が何故フィンリスの森を切り開いたのか？

この空間にはなんの意味があるのか？

(大木が放置されてるということは、今後ここになにかを建てるのか？　しかし誰が……)

エステルは通常ではあり得ない光景に、しばし固まった。

その時だった。

――バキッ。

森に、乾いた音が響いた。エステルは素早く反応し、抜剣。音のした方を見た。

そこには、

「……チッ！」

無数のロックワームの姿があった。ロックワームは既に、エステルに狙いを定めている。戦闘態勢に入り、頭を持ち上げている者もいる。見逃してくれる気配はない。

エステルは、逡巡《しゅんじゅん》した。

ロックワームは比較的鈍重だ。《筋力強化》をかけたエステルならば、逃げ切れる可能性がある。だが、エステルはどの方向に逃げれば森の外に出られるかが、まだわからなかった。

すぐに動けば、ロックワームからは逃げられる。その代わり、エステルはまた森の奥に向かってしまう可能性がある。

――どうする？

この僅かな逡巡の間に、エステルは逃走の選択肢を失っていた。

「――くっ！」

ロックワームに囲まれた。木々がないため、動きが素早い。

エステルは即座に戦闘態勢となる。ロックワームの攻撃を躱《かわ》し、カウンターで斬りつけた。

「くっ……硬い！」

手がビリビリと痺《しび》れ、エステルは顔をしかめた。まるで岩を斬りつけたかのような手応えだった。

現在手持ちの剣は、数打ちの代物だ。フィンリスの武具店では一般的な価格帯の武器である。それでも丈夫さは一級品で、魔物にどれほど強く叩きつけても、欠けることも曲がることもなかった。

いざという時に破損しない、頼りになる相棒だ。だがこうして切れない相手を前にすると、なんと頼りないことか。

（……いや、頼りないのは私だな）

剣聖、剣を選ばず。足りないのは切れ味ではない。自身の腕前である。

（もう少し私が強ければ……）

エステルは悔しさに奥歯を鳴らした。幸いなことに、ロックワームは鈍重だ。エステルが回避に徹すればそうそう致命傷を受けないだろう自信がある。

エステルは回避に徹しながら、逃走すべき方角を探る。同時に、ロックワームへの攻撃を試み続けた。

戦闘は、比較的安定していた。

だが、それも時間の問題だった。

「な――くっ⁉」

突然、エステルの膝ががくんと折れた。

《筋力強化》を続けたため、魔力が切れたのだ。

魔力切れをチャンスと見たか。ロックワームが一斉にエステルに向かって頭を持ち上げた。その口の先端が、熟れた栗《くり》のいがのようにめくれ上がる。

「あ、ああ……」

ダメだ。

ここで死んでしまう。

私の冒険者生活は、ここで終わってしまうのだ。

なんと、あっけなかったことか……。

確実な死を前にして、エステルの腰がストンと落ちた。

「助けて……」

ここは森の奥深く。

助けを呼んだところで、誰かが来てくれる状況ではなかった。

だが、それでもエステルは口にした。

「……トール」

絶命の窮地においてエステルの脳裡《のうり》に思い浮かんだのは、両親の顔ではなく、友人の顔でもなく、何故かゴブリンを難なく討滅した少年の顔だった。

その瞬間。

「――間に合った」

風が、ロックワームをなぎ払った。

○

いままさに芋虫に食われようとしているエステルを見つけた瞬間、透は〈無詠唱〉で魔術を発動した。

十発の《エアカッター》を発動させ、芋虫目がけて撃ち放った。

――ッパァァアン!!

まるで巨大なハンマーで叩きつけられたかのように、エステルにかぶり付こうとしていた芋虫の頭部が消し飛んだ。

無理に魔術を多重発動させたため、風刃の造形が甘くなった。本来あるはずの切れ味はそこなわれ、ただの空気砲に成り下がった。

だが、エステルの命は救われた。

「――間に合った」

透はエステルと芋虫の間に立ち、ほっと胸をなで下ろした。

「と、とーる?」

「うん。エステル、無事?」

「あ、ああ。でも、どうして……」

「エステルがどんな依頼を受けたか、ちょっと耳に挟んでさ……。えーと、まあ、うん」

――心配だから来ちゃった。その言葉が、羞恥心により喉の奥へと押し込められた。

己の羞恥心を誤魔化すように、透は芋虫に向けて【魔剣】を掲げた。最前列にいた芋虫はすでに絶命している。だが、後列の芋虫はまだ生存していた。

透が《エアカッター》を正しく発動出来ていれば、後列の芋虫も仕留められたはずだったが、仕方ない。咄嗟《とっさ》の状況で正しく魔術が扱えるほど、透はまだ魔術にも戦闘にも慣れていないのだ。

透は気を取り直して、芋虫に斬り掛かる。

芋虫は、突然現れた透を強く警戒していた。だが透はそんな芋虫を歯牙にも掛けず葬り去っていく。

「……すごい」

すべての芋虫を倒した時、背後でエステルが放心したように呟《つぶや》いた。

「この芋虫、森の中にも潜んでたのか……」

芋虫は以前、洞窟の中で見たものと同じ種類の生物だった。洞窟の崩落に遭っても生き残ったものか、あるいは別のグループだったのか。

「ロックワームをこんなにも簡単に倒してしまうとは。トールは、すごいのだな……」

「別に凄くないよ。っていうかこれ、ロックワームっていうんだ。魔物？」

「こんな生き物が普通でたまるかっ！」

「そ、そうだね」

てっきり、ロックワームがただの虫だと想像していた透は、ほっと胸をなで下ろす。

（よかった。巨大な虫が蔓延《はびこ》る世界じゃなくて……）

「私はロックワームの外皮の硬さに、手も足も出なかったのだぞ」

「そうなんだ。でも、それって剣の切れ味さえ良かったら倒せたんじゃない？」

「そうだが」

「じゃあエステルだって、ロックワームをほとんど倒せるってことだね」

「なんだその理屈は」

エステルがくすりと笑い、立ち上がろうと腰を上げた。しかし緊張の糸が切れたためか、腰が再び地面に落ちた。

「エステル、大丈夫？」

透は素早くエステルに近づき、〈異空庫〉から水を取り出した。だがそれに、エステルはやんわり首を振った。

「水は大丈夫。少し、疲れただけだ」

「でも、エステルは何日も森の中を彷徨《さまよ》ってたんだ、よね？　喉、乾いてない？」

「ああ、問題ない。私は水と食料だけは毎回、きちんと十分量を確保しているからな」

「そうだったんだ。あれ、でも荷物が見当たらないけど」

「それはな」

エステルは意味ありげな笑みを浮かべ、その手をブレストプレートの脇に差し込んだ。そこから

引き抜いた時、手には水袋が携えられていた。

「あ、あれ？」

「実は私もトールと同じ、〈異空庫〉持ちなのだ」

「……そうだったんだ」

「入れられる荷物は少ないがな」

彼女の説明に、透はやっと合点がいった。

以前よりエステルは、ブレストプレートからお金の入った麻袋やギルドカードなどを取り出していたのは、自分が〈異空庫〉持ちであることを隠すためだったのだ。

「でもそれ、わかる人にはわかるよね……」

「そ、そうか？」

「だって、明らかにそのブレストプレートの中に入らないものまで入れてるでしょ」

きょとんとして首を傾げたエステルを見て、透は『衛兵が言ってたのはこれか』と思った。

対処しているようでいて、その対応に穴が空いている。

『あいつはちょっと、危なっかしいところがある』

あの衛兵は、エステルが〈異空庫〉を使っていても見て見ぬ振りをしていたのだ。

「なにを笑っているのだ？」

「いいや、なんでも。それじゃあエステル、フィンリスに……っ⁉」

帰ろうか。その言葉が、喉の奥で止まった。

森の奥から、嫌な気配を感じた。その気配に、透のうなじがチリチリとする。

透は即座に【魔剣】を掲げ、じっと森の奥を凝視する。

（この感覚。もしかして……）

透は以前に、これと似た嫌な空気を感じたことがあった。

思い出すとすぐ、森の奥になにが潜んでいるかがわかった。

「……」

ごくり。透はツバを呑《の》み込んだ。

「ど、どうしたのだトール」

「エステル。……少し後ろに下がってて」

「魔物か？　だったら私も――」

「大丈夫」

透は表情を努めて冷静に保って言う。

「すぐに終わるから」

透はこれから一度、戦わずに逃げている。

あの頃の透は、決して勝てないと確信した相手だ。

だが今は違う。

透は以前よりもレベルアップした。さらに魔術も覚えた。

確実に戦力は上がった。

だから、もしかしたら――と透は考えた。

今の自分ならば、勝てるのではないか？　と。

「トール？　何故笑っているのだ」

「……ん？」

エステルに指摘され、透は口元に手を当てた。

透の口角は、大きくつり上がっていた。

サラリーマンだった頃の透ならば、自分の命が関わる状況で笑みなど浮かべない。悲壮感を顔に浮かべながら、尻尾を巻いて逃げだそうとしていたはずだ。

だが、いまは違う。

強敵を相手に、笑いながら立ち向かおうとしていた。

なにが透を変えてしまったのか。

異世界転移か、リッドの肉体か。

――あるいは【魔剣】か。

あからさまに『取れ』と言わんばかりのスキルポイントに、岩さえ難なく切り裂く刃。この剣に、デメリットがないはずがない。

もしかしたら【魔剣】は、透の魂を徐々に変質させているのではないか？

そう思ったところで、取得してしまったスキルを手放す方法を透は知らない。二度と手放せないかもしれない。ならばもう手遅れだ。諦めて、うまく共存していく道しかない。

この選択を、透は間違いだったとは思わない。

いずれにしろ【魔剣】を取得しなければ透は生きられなかった。なるべくしてなったのだ。ならばこの道が――生きることが失敗だとは、思わない。

前方で、木々が倒れる音が響いた。

透は思考の一切を、戦闘にのみ注ぐ。

森の奥から、不吉な空気を纏《まと》った巨体が姿を現した。

「……来たか」

それは洞窟で見た、ロックワームの親玉だった。

親が姿を現した瞬間、透は全力で《筋力強化》を施し、突っ込んだ。

「――シッ!!」

親の体を一閃《いっせん》。これまで敵を一撃で切り伏せてきた透の攻撃は、しかし敵の皮膚を浅く切り裂いただけに留まった。

「ははっ！」

――そうこなくっちゃ！

相手の強さを、透は〈察知〉で嫌というほど感じ取っている。これが見かけ倒しであったなら、どれほど落胆したことか。

〈察知〉で感じた感覚と、違わぬ強靱《きょうじん》な実体に、透は笑った。

次の瞬間だった。

す。

親が刹那の間に体を一回転させた。

透は横から、まるでトラックにひかれたかのような衝撃を受けて吹き飛んだ。

激しい音とともに、透は山積みにした丸太にぶつかった。その衝撃で丸太が崩れ、透を押しつぶ

「トール!!」

エステルが、これまで聞いたことのない甲高い声で叫んだ。彼女にはそれだけの大事故に見えたのだ。

しかし、それほどの衝撃を受けても、透はほとんど痛みを感じなかった。強化魔術のおかげだ。

「……いける!」

確信を得た透は、すぐさま〈無詠唱〉で魔術を連発した。

《ファイアボール》《ウォーターボール》《ロックニードル》《エアカッター》

そのいずれも、通常の魔物相手であれば、致命的な威力を宿していた。しかしロックワームの親には致命打とならなかった。

それでも痛みは感じているのか、親が体を捩《よじ》る。

距離を取られたままだと、一方的に魔術で撃ち殺されると本能で感じたか。親が素早く透に近づいてきた。

だが、

通常のロックワームとはまるで違う。驚異的な速度だ。

（いくら素早くても、図体が大きければどこかには当たる）

透は慌てず丸太をかき分け、素早く体勢を整える。

そして襲いかかる相手の力に、【魔剣】を合わせた。

すると、今度は面白いように、外皮を容易く切り裂けた。

「ピギャァァァ!!」

生まれて初めて命にかかわる痛みを感じたか、親の甲高い悲鳴が森を劈《つんざ》いた。

「痛がってる暇はないよ」

【魔剣】を振ってから、透は即座に追撃を行っていた。

剣で斬りつけながら、腹の下から《ロックニードル》を当てる。腹の下を狙ったのは、単にそこが一番柔らかそうだと思ったからだ。

《ロックニードル》が当たるたびに、ずんずんと腹の底を揺らすほどの音が響く。ダメージがあるかは、わからない。だが透は構わず《ロックニードル》の使用を続けた。

相手の攻撃を躱し、合わせ、カウンター。

常に魔術を撃ちながら、相手の死角に回り込む。

透は、自分よりも何倍も大きな魔物と対峙しても押し勝っていた。全ては《筋力強化》のおかげだ。これがなければ、いかに切れ味の良い【魔剣】といえども、この親の質量には勝らなかった。

透が次々と親に傷を付けていく。その傷から、ドクドクと薄黄色の液体がこぼれ落ちる。ロックワームの血だ。その血が徐々に、勢いを失う。

それでも戦意は衰えない。透を間合いに入れると、高い位置から頭を振り下ろした。反撃の兆しを感じ、透は慌てず退避する。

透の眼前を、ぱっくり開いた口が通過。ロックワームの攻撃が地面を大きく抉《えぐ》った。ぱらぱらと、吹き飛ばされた土塊が、透の体に当たって砕ける。

凄まじい威力だ。当たればミンチに違いない。透の背筋に冷たい汗が伝う。

攻撃の隙を見て、透は魔術を使用。魔術の気配を察知したロックワームが、腹部に防御を集中させた。

初めは《ロックニードル》を受けて体を捩っていたが、いまはさしたるダメージを外側から見て取れない。親が意識を向けると、幾ばくか防御力が上がるのだ。

戦いの中で、相手も徐々に学習している。

だが、甘い。

透は全力で魔術を発動させた。

魔術の予兆を感じた親が、腹部に意識を向けた。

それを見て、透はニッと笑った。

「《ファイアボール》」

透は相手の傷口目がけて、魔力を込めに込めた《ファイアボール》を撃ち放った。

ボッ！　と音速の壁を超えるような音とともに飛翔《ひしょう》した《ファイアボール》が、一瞬にして親を呑み込んだ。

「ピギャァァァ!!」

腹の下から攻撃が来るだろうと構えていた親は、透の《ファイアボール》に反応出来なかった。

本来ならば硬い外皮が弾くはずの高熱が、傷口から入り込み体内を焦がしていく。

追加で一発。

「ピギャァァァ!!」

「《ファイアボール》！」

さらに一発。

「《ファイアボール》ッッ!!」

「ピギャ――ガボッ!!」

三発放つ頃、親の口から悲鳴とともに、炎が舞い上がった。

体内すべてに行き渡った炎が、親を焼き尽くす。最後の足掻《あが》きとばかりに、親が僅かに透に近づいた。だが、それが最後だった。

親は体を丸め、黒焦げになった大地に倒れたのだった。

○

「そんな……クイーンロックワーム!?」

魔物が現れたとき、エステルは再び死を覚悟した。

クイーンロックワームは、ランクCの冒険者が束になって、はじめて安全に倒せるレベルの魔物である。

その外皮の硬さは、通常のロックワームの比ではない。戦い方はロックワームと同様に、防御力にものを言わせたごり押しだ。

それでも、桁が違う。素早さも力強さも、ロックワームとは別格だ。

実際、エステルはロックワームの攻撃は躱せても、クイーンの攻撃を躱せる自信はなかった。

ランクEの冒険者と、ランクCの魔物。その力量差は、覆せぬほどに大きい。ランクDのロックワームのように、攻撃が通じれば勝てるといったレベルにない。

そのクイーンロックワームを相手に、なんとトールは互角以上に戦っているではないか！

「トールは、本当に迷い人、なのか？」

迷い人は、誰しもが劣等人と呼ぶに相応しい脆弱《ぜいじゃく》な人間だ。エアルガルドの歴史上、この認識を外れたことは一度もない。

だがトールは、ゴブリンの大群をほとんど一人で倒してしまったし、魔術をあっさり覚えて、その上〈無詠唱〉にも成功してしまった。

トールは迷い人の常識を、覆し続けている。

エステルの常識が、覆され続けていた。

トールは相手の攻撃を巧みに利用して、クイーンを深々と切り裂いている。同時にクイーンの腹に魔術を撃ち込んでもいる。

「これほど戦える者が、何故迷い人なのだ？」

エステルは白昼夢を見ている気分だった。己の常識が、なんとか現実を打ち消そうとする。だが現実は容赦なく、常識を打ち砕いた。

「どこかしら妙だとは思っていたが……」

エステルは確信した。

――彼は迷い人の器に収まる人物ではないのだ。

トールは次々とクイーンにダメージを与えていく。深々と切り裂かれた傷口から、ドクドクとクイーンの血が流れ出す。

その傷口目がけて、トールが《ファイアボール》を連続で撃ち放った。

それはあたかも、火の上級魔術《フレア》の如く、凶悪な魔力が込められた《ファイアボール》だった。

「……すごい」

Cランクの冒険者が束になって討伐するクイーンを、トールは大けがを負うこともなく、たった一人で倒してしまった。

その現実に、エステルはただ呆然《ぼうぜん》とするしかなかった。

○

戦闘が終わり緊張の糸が切れると、トールは軽い立ちくらみを覚えた。少々魔力を使いすぎたのだ。

「と、トール。凄いじゃないか！」

「けほっけほっ！　なにするのさエステル」

油断しているところをエステルに背中を叩かれ透は激しく咳《せ》き込んだ。

「どうしてそんなに冷静なのだ？　トールはCランクの魔物を倒したのだぞ！」

「そうなんだ……。さすがにちょっと疲れたかな」

「ちょっと疲れるくらいで済んでることが、凄いことなのだがな」

エステルが苦笑した。たしかに、これだけで済んで良かったと透は思った。

実力は透が僅かに上だった。だが、透は戦闘経験が圧倒的に不足している。ロックワームの親が予想外の行動に出れば、透は対処出来なかった可能性が高い。

（たとえば突然、標的をエステルに変更していたら……）

透は己の想像に、ぶるっと体を震わせた。

今回ほとんど無傷で倒せたのは、運が良かった。次に同じくらいの強敵と戦えば、大けがを負うかもしれない。

「まずは防具を整えないとなあ……」

「ああ、そうだな。Cランクの魔物を防具も着けずに倒したなど、誰が聞いても頭おかしいと言うぞ？　防具も着けずに魔物と戦う者など、酔っ払いくらいしかいないからな」

透は〈異空庫〉から水を取り出し一気に煽《あお》る。水分がゆっくり体に染み渡ると、ほんの少し気分がすっきりした。

透が休憩しているあいだ、エステルは魔物の骸《むくろ》に剣を突き立てていた。

「なにしてるの？」

「魔石を取り出しているのだ。魔物には魔石がある。これをギルドに持ち込むと、良い値段で購入してくれるのだ」

「そうなんだ。……あれ、そういえばゴブリンの時は取らなかったね」

「ゴブリンから得られるのはクズ魔石だからな。売っても二束三文にしかならないのに、服が血で汚れれば買い換えねばならなくなる。よほどお金に困った冒険者でない限り、ゴブリンは解体しないのだぞ」

「なるほどね」

以前、ゴブリンの血肉が付着した時、透は服をすべて処分した。水で洗ってみたのだが、ゴブリン臭が取れなかったのだ。

クズ魔石しか取れないのに衣服がダメになっては大赤字である。わざわざ魔石を抜こうと思う冒険者が少ないのも頷ける。

体力が回復すると、透も解体に加わって魔石を集めた。

ロックワームの魔石は親指サイズほど。対してクイーンロックワームは野球のボールほどとかなり大きかった。それらを麻袋に詰めて、〈異空庫〉に放り込む。

「他にはなにか剝ぎ取るものはある？」

「うーん。ロックワームもクイーンも、外皮が防具に使えるのだが……、正直売り物になりそうなものはないな」

「なんか、ごめん」

ロックワームは、透が【魔剣】でズタズタに切り裂いた。虫は生命力が高いという思い込みから、入念に叩き潰したのだが、少々やりすぎた。かといって半端に手を抜けば、倒したと思ったロックワームから逆襲を受けかねない。

丁度良く倒し切るさじ加減は、戦闘経験の少ない透には難しかった。

バラバラになったロックワームとは違い、クイーンは焼けていない外皮を探す方が難しい。こちらは手加減する余地もなかった。

戦闘に慣れれば素材は綺麗《きれい》なまま、命だけ刈り取ることも出来るようになる。それまではしばらく同じことを繰り返しそうだ。

「素材を残しつつ魔物を倒すのって、難しいんだね」

「それも含めて、冒険者のスキルだからな。上に行くなら必須技能だ。今から意識して学んでいけば良い。そのための下積みなのだ」

魔石の回収を終え、透たちはフィンリスに向かって歩き出した。しかしやはり三日間の野宿生活で体力が衰えているのだろう。エステルの足が重い。

いつもは元気なポニーテールも、今日はずいぶんと大人しい。そんな彼女の歩みに合わせ、透は歩む速度を落とした。

「そういえば、エステルが受けた依頼は完了した？」

「ああ。この所、シルバーウルフが頻繁に見られるようになったのは、おそらくロックワームが原因だったのだろう。ロックワームが森の奥から現れた。それを察知したシルバーウルフが、ロックワームから逃げるように移動した。結果、森の浅い場所に生息するシルバーウルフの総数が増え、目撃情報が相次いだのだろうな」

「なるほど」

「ロックワームがこの辺りに現れたのは、おそらくゴブリンのせいだと思っている」

「ん、なんでゴブリンのせいなの？」

「ロックワームはゴブリンの肉がなによりの大好物なのだ」

「うえぇ……」

ゴブリンの酷い臭いを思い出し、透は顔をしかめた。あれが好きだなんて、とても信じられない。

「ゴブリンってどこにでもいるイメージがあるけど、この辺りにしかいないの？」

「いや。ゴブリンの生息域はエアルガルド全土に広く分布してるぞ」

「なら別に、ゴブリンのせいでここに来たとは言えないいんじゃない？　もしかしたら別の場所に行ってたかもしれないいんだし」

エステルはやんわりと首を振った。

「そうではなく、ほら……私たちが、つい最近沢山ゴブリンを倒しただろう？」

「あっ、あー……」

以前、透はゴブリンの大群を倒していた。その死体の臭いに誘われて、ロックワームはこの場所にやってきたのだ。

「ゴブリンの死体を焼いていれば、こうはならなかったかもしれないのだ……」

エステルがしゅんとして、力なく首を振った。

一連の流れを正直にギルドに報告すれば、どのような沙汰が下るかわからない。だが、一因について言うならば透も同じだ。

透はクイーンを鍾乳石《しょうにゅうせき》の崩落に巻き込んだが、確実に仕留められなかった。念のために出入り口を塞いだが、クイーンは崩落から生き延び、鍾乳洞《しょうにゅうどう》から脱出した。

もしエステルに責任があるのなら、クイーンやロックワームがいたことをギルドに報告しなかった透も同罪だ。

もちろん、そんな馬鹿馬鹿しい話はない。当時冒険者ではなかった透に、冒険者としての責任はない。

それと同じ理由で、冒険者でない透が倒したゴブリンの後始末に、エステルが責任を負う必要もないのだ。

「それにしても、ゴブリン討伐に出て大群に遭い、今度は調査依頼でロックワームに遭遇か。はは、私はついてないな……」

「まあ、冒険者なんだしそういう時もあるんじゃないかな」

「そうだな。ただ、トールに出会えたことは僥倖《ぎょうこう》だったのだ。もし出会えていなかったら、私はいまここにいないからな」

運が悪いと嘆いていた時とは打って変わって、エステルが純粋な笑顔を浮かべた。

その笑顔に、透は気恥ずかしさを覚えてぷいっとそっぽを向いた。

森を出たところで、エステルが突然腰を落とした。

「……す、すまない。気が緩んだら、腰が抜けてしまった」

エステルの顔色が非常に悪い。目がうつろで、視点が定まっていない。日の光に照らされてわかったが、エステルの目の下にははっきりと隈《くま》が出来ていた。

森の中で彷徨って三日間。ろくに眠れなかったのだ。

「少し休んでいこうか」

「すまない。一時間ほど仮眠をさせてくれるとありがたい。見張りを頼めるか？」

「もちろん」

透は周囲の警戒を始める。エステルが横になり、目を閉じた。すると――よほど眠たかったのだろう。すぐにエステルの寝息が聞こえてきた。

透はエステルが確実に眠っているのを確認し、スキルボードを展開させた。

○ステータス

トール・ミナスキ
レベル：15↓20
種族：人　職業：剣士　副職：魔術師
位階：Ｉ　スキルポイント：294↓344
〇基礎
【強化＋5】
【身体強化＋5】【魔力強化＋5】【自然回復＋5】【抵抗力＋5】【限界突破★】
【STA増加＋5】【MAG増加＋5】【STR増加＋5】【DEX増加＋5】
【AGI増加＋5】【INT増加＋5】【LUC増加＋5】
〇技術
〈剣術Lv4〉〈魔術Lv4〉〈察知Lv4〉〈威圧Lv4〉〈思考Lv4〉
〈異空庫Lv4〉〈無詠唱Lv4〉〈言語Lv4〉〈鍛冶Lv4〉
【魔剣Lv1】

「おっ、レベルが二十になってる」
レベルアップした経験のほとんどは、クイーン討伐によるものに違いない。透はホクホク気分で画面をチェックする。

「ポイントは……レベル一あたり十ポイントに戻ってるなあ。うーん、やっぱり条件がわからない」

前回のレベルアップ時のように、突如として大量ポイントを取得することはなかった。

もしクイーンを倒したことで増加していれば『強敵を倒せばポイント取得』という可能性が生まれたのだが、残念ながらポイントは通常通りしか増えなかった。

「なにかスキルを取得するかなぁ」

考えていると、透はふと先日の路地裏での出来事を思い出した。あのときは、偶々相手に大けがを負わせずに勝てたから良かった。だが、今後は上手く行かない場面も出てくるだろう。

相手を壊さず、かつうまく身を守るスキルはないか。無数のスキルの中を探すことしばし、やっとの思いで透はそのスキルを発見した。

「これと、あとは……うーん。今回の戦闘はギリギリだったしなあ。よし、全体を底上げしよう」

方針を決定し、透はポイントを手早く振り分けた。

スキルポイント：344↓9

○基礎

【強化+5↓8】

【身体強化+5】【魔力強化+5】【自然回復+5】【抵抗力+5】【限界突破★】

【STA増加+5】【MAG増加+5】【STR増加+5】【DEX増加+5】

【ＡＧＩ増加＋５】【ＩＮＴ増加＋５】【ＬＵＣ増加＋５】
○技術
〈剣術Ｌｖ４↓５〉〈魔術Ｌｖ４↓５〉〈察知Ｌｖ４↓５〉〈威圧Ｌｖ４↓５〉〈思考Ｌｖ４↓５〉
〈異空庫Ｌｖ４〉〈無詠唱Ｌｖ４〉〈言語Ｌｖ４〉〈鍛冶Ｌｖ４〉
〈合気Ｌｖ５〉ＮＥＷ
【魔剣Ｌｖ１】

一番ポイント使用率の高い【強化】は、いまだに効果の程がわからない。だが、既にある程度振ってしまっていた。ならば効果が見えるまで振ってやると、半ばやけくそで振れるだけ振った。

他にも、戦闘で使用したスキルはまんべんなく底上げした。

新しく取得したのは〈合気〉だ。これがあれば、透は相手からの攻撃を上手に受け流せるのではないかと考えた。日本にいた頃、ネットで見た達人動画の影響だ。

大男が触れただけで倒される。あの動きが真似出来れば、ある程度の暴漢ならば凌《しの》げるはずである。

もちろんこれは、自衛のためだけではない。

〈合気〉は体を最も合理的に使用する武道だ。筋肉の動きや力のベクトル、骨の接続位置から生まれる梃子《てこ》の原理などを融合した、合理的かつ科学的な技術の極地である。

〈合気〉があれば、他の動作――たとえば剣術の動作にも良い影響を与えるだろうと見越して、透は取得したのだった。

スキル取得の実感は、すぐに表れた。

辺りの木々や、草花、空気が、いまどう動いているのか、どこに向かおうとしているのかがはっきりと理解出来る。まるで世界の解像度が一気に上がったみたいだった。

無意識に〈察知〉出来る範囲が広がったのだ。

変化したのはそれだけではない。スキルを振り終えた後、透は僅かに重心を変化させた。たったそれだけで、地面に突き刺さったかのように体が安定した。いまなら力士が突っ込んできても吹き飛ばない自信がある。

「すごい……。たった一つあげただけで、全く別人になったみたいだ」

Ｌｖ０からＬｖ４までの一振りと、Ｌｖ５への一振りの変化が、透には全く別物のように感じられた。

「四から五に上がると、スキルの格が変わるのかな」

スキル名は変わっていないが、所謂《いわゆる》上級スキルに進化したといった変化が、スキル内部で起こった可能性がある。

あるいは一定レベルに達したら、新たな効果が付与されるなどの特典があるのかもしれない。

通常状態で変化を感じたものはもう一つあった。

「……思考がダブってるな」

透は頭の中で動き回る思考が、複数あることに気がついた。透はスキルの検証をしながらも、もう一つの思考が今日の夕飯について考えていた。

「さすがにちょっとお腹減ったしなあ。ってそうじゃない。なんだこれ？　気持ち悪い」

頭の中に全く別の人格が入り込んだみたいな感覚だ。

だが、すべての思考が自分である。スキルを上げたのは自分だし、考えているのも自分だ。文句も言いにくい。慣れるまでは苦労しそうだ。

思考が高速回転しながら並列起動したことで、透の思考が目まぐるしく動き回る。

そんな中、思考はあらゆる記憶をなぞり、思いも寄らない可能性を導き出した。

「――ッ!?」

その可能性に思い至った透は、僅かに息を飲んだ。

『あいつはちょっと、危なっかしいところがある』

「そうか。あれは、こういう意味だったのか……！」

情報が繋がったところで思い返してみると、衛兵が口にした台詞が、まったく別の意味に感じられた。

「もしかすると、あの人はなにか感づいてたのかもなあ」

衛兵はフィンリスから出入りする人を管理している。出入りする人から得た情報で、それとなく状況が見えていた可能性がある。

だが、彼には証拠がなかった。そして現在の透にも、ない。

「……どうする」

透はエステルが起きるまで、じっとスキルボードを睨《にら》み付け、フィンリスに戻った後の行動方針を考え続けた。

エステルが目を覚ますとすぐに、透らはフィンリスを目指した。

仮眠を取ったためか、エステルの歩く速度が上がった。心なしポニーテールも元気を取り戻している。

太陽が茜色《あかねいろ》に染まる頃、透らは何事もなくフィンリスに到着した。

「おう、トールにエステル。お帰り。二人とも、無事だったか」

「はい、おかげさまです」

「何言ってんだ。俺はなにもしてねぇよ。よしっ通れ」

衛兵にギルドカードを見せて中に入る。そのまま透らはギルドに向かった。

「……ん？」

ギルドの外で、透は立ち止まり眉根を寄せた。ギルド内部がなにやら騒々しい。耳を澄ますと、男の怒鳴り声が聞こえてきた。

「どうしたのだトール」

「いや、ギルドがちょっと騒々しいんだよね。いま中に入ると色々厄介かも」

「なんだ、喧嘩《けんか》か？　それならば日常茶飯事だぞ」

「そ、そうなんだ」

喧嘩が日常茶飯事とは、ここは江戸か。

現代日本で生きてきた透は喧嘩を見ても、間を取り持とうなどとは決して思わない。存在感を消して、現場から急いで離れるへたれである。

だから今回も現場に近づかず、見て見ぬ振りをしたかった。だがエステルがギルドに入ってしまった。

「……仕方ない」

透はため息一つついて、エステルの後に続いた。

ギルド内の空気は、まさに一触即発といった様相を呈していた。

大声を上げているのは、体中に包帯を巻いた男二人だ。その男がカウンターの前で、受付嬢に抗議している。

一体なにがあったのか。気にはなるが、透は関わりたくない思いでいっぱいだった。

「だから、この前冒険者登録したガキがドコに言ったか教えろって言ってんだろ！」

「オレらはアイツに攻撃されたんだぞ‼」

「申し訳ありませんが、冒険者個人の行動については、守秘義務がありますため、お答え出来ません」

「冒険者相手への傷害は御法度なんだろ？　ギルドの規則を破った奴を、お前は庇《かば》おうっていうのか、ああん⁉」

「いえ、そのようなつもりは……あっ」

その男たちの声を聞いた透は、このままくるっと回転してギルドから逃げ出したくなった。

だが透が逃げるより早く、受付嬢が透の存在に気がついて目を見開いた。その様子に、男たちも気づいたのだろう。勢いよく首を回した。

「てっめぇ!!」

「いやがったなゴルァ!!」

「……トール、知り合いか？」

男たちが凄んで声を張り上げているというのに、エステルは平然とした調子で透に尋ねた。ずいぶんと肝が据わっている。

「う、うん。まあ、知り合いというか、因縁の相手というか、そんな感じ？」

透は以前、彼らから襲撃を受けた。襲われたから自衛のために反撃したが、相手がこうしてお礼にくることに、考えが至らなかった。

透の言葉にエステルはポニーテールを、まるで子犬の尻尾のように揺らした。

「トールは早速、フィンリスで友人を作ったのだな！」

「いやどう見ても友達じゃないよね!?」

「そうなのか？」

何故顔を見て殺気立つような友達を作らねばならないのか。そんな友人は全力で御免である。

「なに女の前でスカしてやがんだよ」

「テメェのせいでこんななって、俺らは依頼に出られないんだぞ！」

「はぁ……」

「はぁじゃねえよ!!　おいテメェ、最近冒険者になったばっかで、よく知らねぇのかもしれねぇけどな、冒険者が他の冒険者に危害を加えることは、ギルドの規約で禁止されてんだ。最悪、ギルド除名もありえる。なあそうだろ⁉」

「……そうですね」

大声で尋ねられた受付嬢が「そんなに怒鳴らなくても聞こえてます」みたいな顔をしながら手短に答えた。

「ここで俺らが訴えれば、お前は除名されるんだ」

「いや、でも僕の場合は正当防衛――」

「除名されたら困るよな？　困るだろ⁉　だったら治療費を払いやがれ!!」

透の声を遮って、男が大声を張り上げる。

なるほど、彼らは透を除名させに来たのではなく、それを種にして金をせびりにきたのだ。

「僕はあなたたちに――」

「金払わねぇと、ギルドを通して訴えるっつってんだ！」

「ですから僕は――」

「どうするか答えろオラァ！」

「あの――」

「ほら答えろって言ってんだろ!!」

「……黙れ」

相手が喋《しゃべ》らぬよう声をかぶせてくる男たちに、さすがの透もイラッとし、〈威圧〉を振りまきながら呟いた。

途端に、男たちの腰がすとんと落ちた。

事態を遠巻きに眺めていた他の冒険者たちも、青い顔をしてふるふると震えている。バーにいる者たちは、「俺しーらね」と言わんばかりにジョッキに顔を埋めた。

「僕はあなたたちに襲われたので、自衛に出たまでです。ギルドの規約では、自衛による攻撃は問題ありませんでしたよね？」

「……そ、そそ、そうですね。はい、大丈夫です」

受付嬢がプルプル震えながら、ブンブンと何度も頷いた。

「じじ、自衛じゃねぇよ。オレらに襲いかかってきただろうが！」

「そ、そうだそうだ！　お前は明らかに俺たちの命を狙ってた！」

「いや、自衛でしたって……」

「じゃあ証拠はあんのかよ!?　俺らはこんな怪我までしてんだぞ！」

相手は二人。対してこちらは一人。証言者の数だけをみれば、透が不利だ。かといって、透は先ほど彼らに怪我を負わせたことを認めてしまったため、今更惚《とぼ》けるのも不可能だ。

（めんどくさいなあ……）

透は彼らへの対応が面倒臭くなった。いっそのことすべてを無視してフィンリスを出たくなるほどに。

もしここで反証せず街を出れば、透は傷害犯となる。ギルドを追放されるのは確実だろうし、今後別の街でも生きにくくなるかもしれない。

（なら、別の国に行くってていう手もあるな……）

そんなことを考えていた時だった。

「なぁにさっきから騒いでんだ！」

カウンター横の通路奥から、ガタイの良い男が額に青筋を浮かべながら現れた。透の実力テストを担当した、グラーフだ。

「ぐ、グラーフさん！　ここ、コイツが俺たちに、一方的に危害を加えたんっすよ！」

「暴力を振るわれて、金を出せって。こいつに路銀を全部取られちまったんっす！」

ここへきて、強盗の罪状まで追加されてしまった。そろそろギルド除名だけでは済みそうにないレベルである。

透がどう反論しようか考えていると、グラーフが透を見た。

瞳に、何故か申し訳なさそうな色を浮かべ、彼は口を開いた。

「お前ら、迷い人にボコボコにされたのか……」

「……えっ？」

「……はっ？」

「そこにいるトールは、迷い人だ。お前ら、そろそろDランク目前だったか？　そんな奴が、新入りの迷い人にボコボコにされて恥ずかしくないのか？」

「こいつが、劣等人⁉」

「そ、そんな馬鹿な……」

真っ青になった男たちの脳裡に、ふと数日前の光景が蘇《よみがえ》った。

トールという名の少年に恥をかかされたときのこと、酒に酔っていたせいかあまり記憶がはっきりしない。

だが、たしかに彼が劣等人だったという話を耳にした覚えはあった。

大事な情報だというのに、彼らは酒と、恥を掻《か》かされたという怒りのせいで、綺麗さっぱり忘れていたのだ。

「あいつら、劣等人にボコボコにされたってよ！」

「だっせぇ！」

「てか、本当に劣等人になんて負けたのか⁉　ありえねー！」

「どんだけ弱いんだよ！」

「「「「ぎゃはははは！」」」」

迷い人と聞いて、遠巻きに眺めていた冒険者たちが、一斉に吹き出した。周りの冒険者からの嘲笑に、男たちの顔が真っ赤に染まっていく。

迷い人に負けるということは、その迷い人――劣等人と蔑む存在に、自分は手も足も出なかった雑魚だと公言しているに等しい。これでは冒険者としての資質を疑われてしまう。

「ち、違う。その男は、劣等人なんかじゃない！」

「そ、そうだ。俺たちはそいつにボコボコにされたんだぞ！　そいつは、劣等人って嘘《うそ》ついてんだ！」

「なんで劣等人なんて嘘吐くんだよ……」

グラーフが深いため息を吐いて、受付嬢に尋ねた。

「おいマリィ。トールの魂の測定結果はどうだった？」

「はい。間違いなく、迷い人でした」

「だとよ？」

どうする？　とグラーフが目だけで男たちに問う。

「……うぐ」

「くっ……」

「おおかた、その傷は、魔物にやられたんだろう？　それで、新人冒険者に責任をなすりつけようとしたんだよな？」

「ちが――」

「そうなんだろ？」

グラーフが、有無も言わせぬ眼力で男たちを睨んだ。

彼はこの結論をもって「収めろ」と暗に言っていた。迷い人ではなく、魔物に負けたのであれば彼らのプライドが守られる。だがもし、透にやられたと譲らないのなら、彼らは一生劣等人に負けた劣等冒険者として後ろ指をさされることになる。

「……っち！　行くぞ‼」

「お、覚えとけよ！」

手垢《てあか》の付いた捨て台詞を残し、男たちが顔を真っ赤にしたままギルドを素早く飛び出していった。その様子を見て、他の冒険者たちがワッと笑い声を上げた。

（一応矜持《きょうじ》は守られたんだろうけど、これじゃもうフィンリスで活動出来ないだろうなあ……）

彼らの後ろ姿を、透はなんとも言えない思いで見送った。

「おう、トール。お前の身の上を公開してすまんかった」

「いえ」

透は首を振る。

グラーフの発言は、透にとって最善手であった。やったやらないの泥沼化を防ぎつつ、穏便に事を収め、さらには喚いた側である冒険者の矜持も守ろうとする。一石二鳥、いや三鳥の手であった。

身の上を暴露された形になったが、一番手っ取り早く簡単に事を収められる方法だということはわかるので、透として文句はない。

「お前を迷い人だと言ったせいで、いろいろ面倒事に巻き込まれるかもしれん」

「もう巻き込まれてます……」

「そ、そうだったな。詫《わ》びと言っちゃなんだが、冒険者が絡んできたら遠慮なく俺の名前を出して良いぞ。そういう奴らは、俺がたたき直してやる」

「ありがとうございます」

透はそれが、暴露によるデメリットを打ち消して余り有るほどのメリットに思えた。今後なにかある度に、活用させてもらおうと心に誓う。

ギルド内の雰囲気が落ち着きを見せ始めた頃、透らはやっとカウンターにたどり着いた。

（ただ報告するだけなのに、ギルドに入ってからここまでの距離がとてつもなく長かった気がする……）

「トールさん。先ほどは申し訳ありませんでした」

「いえ、気にしないでくださいマリィさん」

透は首を振る。

「グラーフさんにも言いましたけど、あれが一番早かったですからね。それに、マリィさんには助けて頂きましたから、おあいこです」

「……恐縮です」

彼女は守秘義務違反にならないギリギリのラインで、透にエステルの居場所を教えてくれた。その情報があったからこそ、透はエステルを助けられたのだ。

そんな彼女に、たかが迷い人だと証言された程度で文句を言うのは間違いである。

マリィと笑みを交わした、透の肩にズンッと重たい空気がのし掛かった。

「トールぅ？」

「ひぅ⁉」

「マリィと、なにがあったのだ？」

「ちょ、ちょっと……」

「ちょっと？」

「あ、あとで教えるよ」

　エステルが発する謎の圧に怯えながら、透はマリィとのやりとりについて後ほど詳しく教えようと、固く心に誓った。

「さて、本日はどのようなご用件でしょうか？」

「ああ。この前受けた依頼の報告に来たのだ」

「了解いたしました。では場所を移しましょう。あちらの小部屋にお願いします」

　訓練場に向かう通路の横に、扉のある部屋があった。そこで、情報の共有が行われるのだろう。

　透はエステルを見送る。

　しかし、

「トール」

「んっ？」

　エステルが振り返り、透を目で招いた。今回の依頼はエステルが一人で受けたものだ。透は彼女を助けたが、依頼には無関係だ。報告の場に居る必要はない。

　だが、エステルは来いと言っている。

三日間遭難していたことや、ロックワームと戦闘になったことを、透の口からも証言してほしいのか。

(……仕方ない)

透は彼女の意を受け、共に小部屋に向かった。

小部屋は、大人六人がギリギリ入れる程度のものだった。中にはテーブルと、固いソファが並んでいる。透がソファに座ると、ソファがみちっと不平の声を上げた。

(わお。超高反発……)

ソファには優しさの欠片もなかった。

透がお尻の位置を調整していると、隣にエステルが座った。するとふわり、甘い香りが漂ってきた。その匂いに、透はエステルを強く意識した。

日本で三十二歳。エアルガルドに来てから魂はそのままに、体が若返った。中も外も枯れも衰えもしていない、健康優良児である。

いくら普段は意識しないといえ、年頃の女性の良い匂いには、さすがに反応してしまう。

「……?　どうしたのだトール」

「いや、なんでもないよ」

エステルがこてんと首を傾げた。そこには男を籠絡しようなどという色は微塵も見られない。純粋そのものである。

透は平行思考全てを用いて念仏を唱え、邪《よこしま》な感情を脳から追い出した。

「大変お待たせいたしました。……トールさんもご一緒ですか？」

「ああ。トールも情報を握っているからな」

「了解いたしました。それでは報告をお願いします」

「シルバーウルフ頻出についてだが――」

エステルが調査過程で入手した情報をマリィに伝えた。それはフィンリスに向かう途中で、透が彼女から聞いた内容と同じだ。

エステルの話を聞きながら、マリィが紙にペンを走らせる。ロックワームと共に、クイーンロックワームが出現したという話になったとき、これまで平静を保っていたマリィの顔に驚愕《きょうがく》が浮かんだ。

「クイーンロックワーム……。これは、すぐにでもギルド内に情報共有しないとっ」

「それは大丈夫だぞ。クイーンロックワームについては、既に討伐済みなのだ」

「えっ？　クイーンロックワームを、ですか？　あれは討伐ランクCで、冒険者ランクC以上のパーティで討伐する魔物ですよ？」

「そうなのだがな。トール。魔石を出してくれ」

腰を浮かせたマリィを宥《なだ》めつつ、エステルが透に指示を出す。それを受けて、透はクイーンロックワームの魔石を〈異空庫〉から取り出した。

「これが証拠だ。確認してほしい」

「お預かり致します。……たしかに、Dランクのものと比べるとかなり大きいですね。他に、討伐を証明出来るものはありますか？」

「いいや。本体の状態が悪くて、なにも持って来なかったのだ」

「そう、ですか」

「不味かったか？」

「いいえ、魔石があれば持ち主の魔物は大体わかりますので、大丈夫です。こちら、鑑定させて頂いても？」

「ああ」

「それでは、後ほど鑑定させて頂きます。それで……」

マリィが一旦言葉を止め、二人を伺うような視線を向ける。

「クイーンロックワームですが、もしかして、お二人で討伐されたのですか？」

「いいや、トール一人で倒してしまったぞ」

「えええっ⁉」

マリィが喫驚した。

そこまで驚くことだろうか？　透は僅かに首を傾げた。

「それは、本当ですか？」

「ええ、本当です」

「けど、相手はCランクの魔物ですよ？　それも、外皮が硬いことで有名なクイーンロックワームです。参考までに、どうやって倒されたか、方法を伺っても？」

「うーん。方法って言われても……剣と魔術を使って普通に倒したとしか」

「………ふつう？」

マリィの表情がガチンと固まった。

透にとっては、普通に戦ったつもりである。もちろん、簡単に倒せたとは微塵も思っていない。

透は戦闘経験が少ないため、それ以外に説明する言葉が思い浮かばないのだ。

「あっ、外皮を傷付けて、そこに《ファイアボール》を撃ちました」

「えー、うん、はい。傷口への火魔術使用は、効果的にダメージを与えられる方法ですね」

マリィの目から、どんどん生気が抜けていく。

「マリィ。トールはこれが普通なのだぞ」

「そう、なんですね。……おかしいな、私が知ってる普通とも、迷い人とも違う」

「それは私も同意見なのだ」

マリィとエステルが、まるで長年生き別れになっていた姉妹が再会したかのように、ぐっとお互いの手を握った。

「ええと……、ごめん。どうして二人はそんな感じになってるの？」

「まずだな、剣術が使えて、攻撃魔術も使える人間は、エアルガルドに数える程しかいないのだ」

「えっ、そうなの？」

「攻撃魔術が使えるならば、大抵は魔術師になる。魔術があれば遠くから一方的に攻撃出来るのだから、わざわざ危険な魔物の懐に飛び込まねばならない剣術を修めようという者はいないのだ」

「……なるほど」

「他には……そうだな、レベルが十以上離れた相手と戦っても勝利はない。これは一般論だが、冒険者にとっての常識でもあるのだ。といっても、能力や相性によってはこの限りではないのだが、苦戦は強いられる。

ちなみに魔物のレベルだが、一番下のEランクが大体レベル五から十。Dランクが十から二十と言われている。Cランクになると二十から四十だったな」

エステルが目でマリィを見た。

その視線を受けて、マリィが引き継いだ。

「はい。補足しますと、魔物のレベルはあくまで私どものギルドで長年積み重ねた経験をもとに算出された推定値です。Cランクの魔物のレベル幅が大きいのは、Dランク以下と比べて任務の幅がそれだけ広いためとお考えください。

今回討伐されましたロックワームはレベル十五。クイーンはレベル三十と推定されております」

「迷い人がレベル三十のクイーンと戦っても、エアルガルドの常識では絶対に手も足も出ないのだ」

エステルは『絶対に』の部分をことさら強調した。

(絶対……ってほどでもないと思うんだけどなあ)

透は自らのレベルを思い出しながら、小首を傾げた。

レベル差がありすぎると勝てない理屈はわかる。レベルアップしなければ身体能力が低いままだからだ。

身体能力の数値はスキルボードでも確認出来ないが、レベルアップによる身体能力の上昇は確実に発生している。それは、透もレベルアップ後に跳躍で崖を登り切ったことで実感した。

「レベルって、みんな確認出来るの？」

「ん？　ああ、そういえばその説明はしてなかったのだったな。教会に行けば、自分の今のレベルとスキル、あと職業などが確認出来るぞ」

「へぇ、そうなんだ」

透はスキルボードの画面に似たなにかが、教会にもあるのだろうと推測した。

エアルガルドに向かう透に、神様がスキルボードを授けてくれたのだ。スキルボードのある世界に、レベルやスキルを確認する術が複数あっても不思議ではない。

「ちなみに、エステルはレベルいくつ？」

「それは秘密だ。トールは女性に体重やスリーサイズを聞くのか？」

「うん。聞いちゃいけないことだけはわかったよ」

自らのレベルやスキルは、体重やスリーサイズと同様の秘密事項《プライバシー》であるようだ。

透は隠すほどのものではないと感じるが、それは育った環境が違うせいだ。日本でも一昔前まで、芸能人の住所が週刊誌に掲載されていた。

育った環境が同じでも、時代が変わればプライバシーの範囲も変化する。プライバシーとは、そういうものなのだ。

「少し脱線してしまいましたね。トールさんがおかしいという話はこれまでにして――」

「そんな話してたっけ⁉」

透が慌てて尋ねるが、マリィはにっこり笑顔を浮かべるだけで透の言を封じ込めた。

彼女の笑顔には、反論を決して許さぬパワーが秘められていた。

「シルバーウルフの出現率増加について、ロックワームが原因という結論で問題ないと思われます。他に調査の過程で不審なものを見た覚えはありますか？」

「特には……いや、あった。フィンリスの森の浅い部分が、拓かれていたぞ！」

「拓かれていた……？」

「ああ」

エステルは頷き、僅かに身を乗り出した。

「森の中にぽっかりと、家が四軒くらい建てられる空間が広がっていたのだ。切り倒された木は、空間の隅に山積みにされていた。切り株の切り口は鋭利で、とても普通の斧《おの》で切り倒したようには見えなかった。

あれはどこかの国軍の精鋭部隊が、拠点用にと極秘裏に切り開いたのではないかと思うのだが……」

「だとすれば、厄介ですね。もしかすると、フィンリスに軍事行動を起こす前触れかもしれません。ギルドの方で再度調査致します。この情報については、決して他言しないようお願いします」

「わかった」

二人の話を聞きながら、透は額に脂汗を浮かべていた。

（なんか、僕が【魔剣】の切れ味確認で木を切り倒しただけの場所が、とてつもない勘違いされてるんですけど⁉）

「トール？　どうしたのだ。汗が凄いぞ？」

「い、いや……なんでもない、ヨ？」

「あの空間について、なにか気になることがあるのか？」

「あ、あれは普通に、木こりがノリで切り倒しただけじゃないかナーって思うんだけど。軍事行動とか、極秘任務とか、そんなのは全然関係ないと思うナー！」

「「…………」」

脂汗を流す透を見る二人の瞳が、据わった。

――ああ、コイツの仕業か、と。

「……コホン。それでは話を戻しますね」

「戻しましょう、戻しましょう！」

「「……」」

閑話休題を大歓迎した透に、二人の鋭い視線がざっくり突き刺さった。

二人から受ける無言のプレッシャーに、透は口を噤《つぐ》んでプルプルと震えるのだった。

「今回のエステルさんの任務ですが、成功と判断させて頂きます。クイーンロックワームの魔石は買取でよろしいですか？」

「ああ。他にもロックワームの魔石もあるので、こちらも買い取ってもらいたい」

「では――」

マリィが口を開きかけたときだった。突然、ノックもなしに個室の扉が開かれた。

透は少し前から〈察知〉で気づいていたが、エステルとマリィは予想外だったようで、ビクンと肩を震わせ固まった。

「……なんだ、フィリップか」

「チーフ、なにか問題がございましたか？」

「ええ。エステルさんが戻ってきたという話を耳にしましてねぇ。状況の確認をしに来たんです」

「その件については、後ほど報告させて頂きます」

「いえいえ。いま確認させてください。一応、エステルさんに依頼を振ったのは、わたしですからねぇ」

フィリップは、以前もエステルの依頼に関わっていた、ねちっこいしゃべり方の男である。

彼は上から見下すようにエステルを見る。まるで『どうせ森から逃げ帰ってきたのだろう』とでも思っているような、相手を小馬鹿にするような表情だった。

そのとき、「おやっ？」とフィリップが透を見とがめた。

「そこの少年は？」

「彼は冒険者のトールさんとおっしゃいまして、今回の依頼で重要な役割を担っておりました」

「んん、トールさんは部外者なのかなぁ？」

フィリップが言う部外者とは、パーティにも依頼にも関係のない者という意味だ。だがずいぶんとトゲがある。

「そうですが……」

「なら席を外して貰《もら》えますかねぇ？　ああ、そうそう、マリィくん。彼をこの場に同席させたことは、守秘義務違反に当たる可能性がありますねぇ。このことは上に報告させて頂きますねぇ」

「……はい」

マリィが唇を嚙《か》みしめる。反論したいが、彼の言葉の正当性に太刀打ち出来なかったようだ。

透はフィリップの言動に、やや苛立ちを覚えた。

一応透も関係者である。その透を、唐突に現れた人物が出て行けと言ったのだ。いくら相手が正しいことを言っていても、素直に従う気にはなれなかった。

「大変申し訳ありませんけど、僕とエステルは既にパーティを組んでいます」

「――――ッ！」

透のそれは、売り言葉に買い言葉のようなものだった。

つい勢いで言った台詞に、隣にいたエステルが声にならない声を上げ、一センチほど浮き上がった。後頭部のポニーテールが、ブンブンと音を立てて揺れている。まるで犬の尻尾である。

（前から思ってたけど……この髪の毛、どうなってんの？）

摩訶不思議《まかふしぎ》なエステルの髪の毛に、透は首を傾げた。

「パーティメンバーであれば部外者ではないと思いますが、如何ですか？」

「エステルさん。トールさんの言葉は事実ですかぁ？」

「そそ、そうだぞ！　私とトールはパーティを組んだのだ。だから部外者ではない！」

「はあ。ならば不問としましょう」

フィリップはしょうがないと言わんばかりに首を振った。

「それではマリィくん。報告を」

「は、はい。エステルさんの任務は成功しました。まだ整理しておりませんが、こちらが調書です」

「成功？　……貸してください」

マリィから調書を受け取ったフィリップが、素早く中身に目を通した。

彼の視線が調書の終盤辺りにさしかかった時だった。常に薄ら笑いを浮かべていた彼の表情に、僅かな変化が現れた。その変化はすぐに薄ら笑いにかき消される。

しかし透は、それを見逃さなかった。

「……内容は把握しましたぁ。エステルさん、任務の達成おめでとうございます。マリィくん。エステルさんを魔石の鑑定にお連れしてください」

「り、了解しました。エステルさん。それではカウンターまでお願いします」

「わかった。トールも行くぞ」

エステルに言われ、透が立ち上がろうとしたとき、フィリップが待ったをかけた。

「少々お待ちを。彼と少しだけお話をさせてください」

なにを考えているのか、フィリップの表情からは伺えない。だが、透としては好都合だった。

「エステル。先に行ってて」

「しかし……」

「大丈夫だよ」

フィリップになにかされるのではないかと考えたのだろう。エステルが不安げな表情を浮かべた。

繰り返し「大丈夫だから」と伝えて透がひらひらと手を振ると、後ろ髪を引かれるように何度も振り返りながら、エステルは小部屋を後にした。

小部屋に残された透が、フィリップと向かい合う。

やはり、表情を見てもなにを考えているのかがわからない。彼は内心を隠す術に長けている。ギルドのカウンター業務の長を務めるだけはあるということか。

「ここは防音設計になってましてねぇ。なにを話しても、一切外に漏れませんのでご安心ください」

「はあ……」

「それではまず始めに伺います」

そのとき、フィリップの瞳の色が明らかに変化した。

これまでヴェールに隠されていた彼の本性が、僅かに垣間見える。

「あなたは何者ですか？」

刃を首筋に当てるような声色だった。それは威圧ではないし、威嚇でもない。彼の本性が、そういう鋭さを持っているのだ。

「あなたたちが言う迷い人ですが」

「わたしが知る迷い人は、決してロックワームを倒せるような人間じゃありません」

「じゃあ僕は、ロックワームを倒せる迷い人だったんでしょうね」

「はあ。……決して一、から、い、い、い、い、レベルが上がらない劣等人が、どうやってクイーンロックワームを倒すんですかぁ?」

なるほど、と透は思った。

エステルがクイーンを『絶対に』倒せないと強調したのは、これが理由だったのだ。

(そっか。迷い人ってレベルの上限が一だったんだ。けど、僕は普通に上がってるよなあ。……あっそうか。【限界突破】か!)

透はその可能性に思い至った。

スキルを振る時は特になにを考えたわけでもなく、単純に名前が強そうだからと【限界突破】に振ったが、どうやらそれは透のレベル上限を突破するためのスキルだったようだ。

(ってことは、これに振らなかったら永遠にレベルは上がらないし、ステータスが上がらないから弱いままだし、おまけにスキルポイントも稼げなかったってことだよね……。危なかったあ!)

もしもの可能性を考えた透の背筋に、冷たい汗が流れた。

これまでエアルガルドを訪れた迷い人はスキルボードを持っていなかったのではなく、【限界突

破】にポイントを振り忘れたか、あるいは振れないほどポイントを持っていなかったか……。その
いずれかである可能性が高い。

透は無意識に、所謂『詰み状態』を回避していたのだった。

もし詰んでもここは現実だ。ゲームのようにリセット出来ない。

レベルアップ不可は透が生存する上で、人生を終わらせかねない程の足かせとなっていたに違い
ない。

「再度お尋ねします。あなたは何者ですか？」

「僕の答えは変わりません。ただの迷い人です」

フィリップの鋭い雰囲気にも、透は一切揺るがず答えた。

しばし、互いに視線をぶつけ合う時間が流れた。

その間を破ったのは、フィリップのため息だった。

「話は以上です。もう結構ですよぉ」

「それじゃあ、僕から一つお尋ねします」

話を終えようとしたフィリップに、透は僅かに姿勢を正した。ここに来る前に、ポイントを振っ
ていたスキルを意識する。

「どうしてエステルを殺そうとしたんですか？」

＞＞〈断罪Ｌｖ２〉発動
透が突き出した言刃が、フィリップの呼吸を僅かに止めた。

「……酷い言いがかりですねぇ。わたしがエステルさんを殺そうとするはずないじゃないですかぁ」

「それでは尋ねますが、ここ数回、エステルが受けた依頼はすべてフィリップさんが関与していますね？」

「そうですが。それがなんでしょうか？　まさかわたしが依頼に関わっただけで人殺し呼ばわりしているのですかぁ？　あるいはわたしが直接エステルさんを殺そうとしたと？　いやはやあなたは実に想像力が豊かだ。しかし冒険者のために尽くすのが職務であるギルドの職員を『人殺し』呼ばわりするとは少々度が過ぎるのでは？　ギルドの信用に関わりますしわたし個人を愚弄する台詞でもありますので撤回してください」

「……よく喋りますね」

「――ッ」

透の切り返しに、フィリップが言葉を飲んだ。

これまでフィリップは、あまり長々と話すことはなかった。常に一言で切り込むスタイルを貫いてきた。

だがここへきて多弁になり、また次から次へと言葉が出てきた。表情には出ていないが、内心動揺している証左だ。

「僕がそう思ったきっかけはいくつかあります。まず、エステルが引き受けたゴブリン討伐の依頼です。ゴブリンを数匹倒せば良いだけの依頼に、何故か数十の群れが現れた」

「ゴブリンはどこにでもいる魔物です。そういうことも、希にあります。運が悪かったのでしょうねぇ」

「普通のゴブリン討伐なら、そうでしょうね。ですが、エステルが受けたゴブリン討伐は常設依頼ではありませんでした」

エステルがゴブリン討伐の報告を行った際、マリィは『今回は特別に常設依頼の分もクリア扱い』と口にしていた。

つまり、エステルが受けた依頼が常設のものでなかったことがわかる。

「ギルドが常設以外で出した依頼ですから、ただのゴブリン討伐ではなかった。あれは、フィリップさんが関わった案件ですよね？」

「確かにその通りですが、それだけでわたしがエステルさんを殺そうとしたなど――」

「まだあります」

語りだそうとしたフィリップを、透は軽く〈威圧〉して止める。

「今回の調査依頼は極めつけです。ゴブリンの依頼でエステルを殺せなかったあなたは、次にロックワームがいる森にエステルを、『シルバーウルフ頻出の調査』名目で送り込んだ。あわよくばロックワームに出会って死んでくれることを願って」

「それも憶測ですねぇ。わたしはロックワームが出没していることを知りませんでしたよ」

「それにしては調書を読んだとき、あなたはロックワームの出現にはあまり驚きませんでしたね。驚かなかったのは、ロックワームのことを知っていたからでは？」

「いいえ。驚きましたよぉ。まさかロックワームがいるなんて思いませんでしたからねぇ。わたしが驚いたように見えなかったのは、普段から無表情に努めているからですねぇ。あまりギルド職員が驚くと、冒険者の皆さんが動揺してしまいますから」

「ええ、驚いたのは事実でしょう。けれど、驚いたのはロックワームの出現にじゃない。あなたは、ロックワームが討伐されたことに驚いたんです」

フィリップが調書に目を通したとき、彼が僅かに驚いたのは、明らかに調書の終盤だった。

それは調書の分量からいって、ロックワームが出現したところではなく、討伐されたところである。

『わたしが知る迷い人は――決してロックワームを倒せるような人間じゃありません』

彼は、透がロックワームを倒したことに驚いた。だからこそ、透を呼び止めたのだ。自分の策略を邪魔した相手を、見極めるために。

「あなたがロックワームの存在を知っていたかどうかなんて、ちょっと調べればすぐにわかることです。きっと調べれば――たとえば、冒険話が大好きな衛兵に尋ねれば、誰がどんな仕事をしていたかが見えてくる。ロックワームだけでなく、集団化したゴブリンについても、ギルドが情報を握っていたことがわかるでしょうね」

エステルはこの世界に来て、最初に手を差し伸べてくれた。

迷い人だと聞いても差別せず、なにも知らない透にエアルガルドの常識を教えてくれた。

透にとって、エステルは恩人だ。その恩人を罠《わな》に嵌めたフィリップに、透は強い憤りを感じていた。

透の体から、自然と〈威圧〉が漏れ出した。〈威圧〉に当てられたフィリップが、額に汗を浮かべて喘《あえ》ぐように口を開閉した。

「最近、冒険者の依頼失敗が続いているそうですね。これも、あなたの差し金ですか？」

「ち、ちが……」

「経験の浅い冒険者を次々と失敗させて、あなたはなにがやりたかったんですか？」

「わ、わたしは……」

フィリップの目が急激に焦点を失う。口から出てくる言葉は断片的で、なにが言いたいのかわからない。

滑舌の乱れに比例するように、全身から嫌な気配が漂ってきた。それは以前、リッドを殺し、透も罠に塡めて殺そうとした、クレマンらと同じ気配だった。

触れればたちまち汚染されそうなほど黒々とした雰囲気に、透は顔をしかめた。

「一体どんな事情があるのか知らないですが、エステルは僕の恩人です。――彼女に手を出すことは絶対に許さない」

彼にも立場がある。ここで手を引くのなら、透は黙って見過ごすつもりだった。透が彼を警戒している以上、エステルには容易く手出し出来ないだろうと。

また他の冒険者にも手を出しにくくなるだろう。透の目があるうちは、彼の凶行を見逃すつもりはない。

「ち……調子に乗るなっ！　劣等人の、それも新人冒険者風情に何が出来る!!」

〝殺せ！〟

〝壊せ！〟

〝ひねり潰せ!!〟

フィリップは己の胸に響いた声に、突き動かされるように叫んだ。すると、自我を失いそうなほどの高揚感が一気に体を満たした。

強い快楽に浸りながら、反面、フィリップの冷静な部分が激しく警鐘を鳴らす。

（……いま目の前にいる少年は、さっきの少年と、同じ人間なのか？）

フィリップのこめかみに、脂汗が流れ落ちる。

先ほどまで、トールは相手の機嫌を伺うような薄ら笑いを浮かべていた。だが現在のトールの表情からは、完全に感情の色が抜け落ちている。

まるで神か悪魔に断罪されているかのような気分だ。

トールは数々の荒くれ者たちを見てきたフィリップすら、息が出来ぬほどの圧を纏っている。

「繰り返す。エステルには、今後一切手出しをするな」

「……こ、断る!!」

「あっそう――」

フィリップが断った、次の瞬間だった。

トールの手にぬらりと漆黒の刃が出現した。

同時にトールの瞳が、深紫色に変色する。

刃の出現とトールの変化に、フィリップの中に潜む者達が、一斉に怯えた。

〝この波動……。まさか、神かっ⁉〟

〝バカなっ！〟

〝何故人間に――ッ‼〟

「――ならば去《い》ね」

けたたましく胸中に響いたそれらの声は、トールがフィリップの胸に漆黒の刃を突き刺すと同時に消散したのだった。

＞＞魂の浄化を確認
＞＞スキルポイント1000獲得
＞＞レベル20→21
＞＞位階がⅡに上昇しました

○

「やっぱり、性格が変わったんじゃないかな僕……」

フィリップを放置して小部屋から出た透は、自らの大胆な行動に頭を抱えた。

透は決して怒らない人物ではない。嫌なことをされたら怒るし、希にではあるが怒鳴ることだってあった。

しかし、ここまで感情のままに乱暴を働くことは一切なかった。たとえ人間が切れない武器を持っていたのだとしても、殺意を持ってそれを振るうなど考えられない所業である。

まるで誰かに体が乗っ取られたような気分だった。

こうなったのは【魔剣】のせいなのか、エアルガルドの空気のせいなのかは定かではない。あるいはこれが自分の本性だとするなら空恐ろしい。

「少し自制しないと」

頭を振り、自らを戒める。

【魔剣】を突き刺したフィリップはというと、まるでつきものが落ちたかのように大人しい。クレマンらを斬りつけた時と同じだ。

「【魔剣】で斬りつけると冷静になるのかな？」

だとするなら、相手が怒る度に【魔剣】を振るえば、お互い冷静に対処出来るというものだ。

しかし、激高される度に刃物をかざす冒険者など、危険人物以外の何者でもない。ことある毎に【魔剣】を抜けば、そのうち『よく切れるナイフ』や『触るな危剣』などと不名誉なあだ名が付けられかねない。

「……うん。【魔剣】は魔物にだけ使おう」

そう決意を固めるのだった。

受付フロアに戻った透は、エステルの姿を探す。

「おおい、トール。こっちだ」

エステルがカウンターの一番端で手を振った。

「おまたせ。査定は終わった？」

「ああ。ところでトール。フィリップの奴になにか言われなかったか？」

「……ううん。なにもなかったよ」

透はなにもなかったことにした。下手に説明をしては、自らがフィリップに【魔剣】を振るったことを自白してしまいかねない。

フィリップが無事だったので大事にはならないが、透はエステルを無用に心配させたくなかった。

「それでなトール。魔石の買取価格がすごかったぞ。なんと銀貨五十枚にもなったのだ！」

「おおー！」

魔石の値段だけで銀貨五十枚は破格だ。Cランク・Dランクの魔物はずいぶんと割が良い。

精霊結晶一個で銀貨十枚を思うと安いように感じられるが、あれはボーナスアイテムのようなものだ。そうそう狙って手に入れられるものではない。

「良かったねエステル」

「んん？　いや、これはトールのものだぞ」

「えっ？　いやいや、エステルがいなかったら魔石のことなんてわからずに放置してたんだから、エステルのお金でしょ？」

「そんなわけあるか！　ロックワームは透が倒したのだぞ？　これはトールのお金に決まってる」

「うーん。じゃあ、半分こで」

「いや、しかしな。私はロックワーム戦でなんの活躍もしてないのだぞ……」

「パーティなら、貢献度なんて関係ないでしょ？」

「っ⁉　うっ、あー、うん、そう、だな」

透の言葉で、エステルが目を丸くし、ぽっと花が開くように頬が朱に染まった。

「なんだか勢いで決めちゃったけど、エステルは僕とパーティを組んでも良かった？」

「も、もちろんだ！」

「なら、これから宜しくね」

「ああ。こちらこそ、宜しくたのむ！」

透が手を差し出して、エステルがその手を握った。

こうして透は、エステルとパーティを結成したのだった。


いまは亡きリッドが、この光景を見たらどう思うだろう。

透はふと、そんなことを考えた。

黒髪黒目でも嫌われず、差別されない場所で、普通に接してくれる人と出会い、助けてくれる人がいて、パーティを組んでくれる人がいる。

リッドの魂はもう、この世界にはないのだろうけれど、

(リッドが見られなかった世界を見る)

そんな第二の人生も、悪くないかもしれない。

◯

「あらあらー。ずいぶんと手ひどくやられちゃいましたねー」

夜の帳《とばり》が下りた路地裏にのんびりとした声が響いた。人間にフィリップと呼ばれていた者——分霊カイムは、はっとして振り返る。

そこには、闇から浮かび上がるように、真っ黒いローブを身に纏った者がいた。声のトーンから女性だろうと思ったが、フードを目深に被っているせいで素顔が窺《うかが》えない。

——追っ手か?

僅かに身構えたカイムだったが、その者の雰囲気に心当たりがあった。

「……また、体を替えたのかアミィ」

「あー、わかっちゃいましたー? 少々ネズミさんが鬱陶しかったのでー、ちょろっと魂を縛ってみたんですがー、この体、なかなか性能が良いんですよー」

「そ、そうか」

まるで新しいべべを自慢するかのように、その者はくるりと回転した。

アミィは人の体を自由に着替えられる。まるで服やアクセサリーのように……。神が生み出した魂と人体の冒瀆《ぼうとく》も厭《いと》わない。

間違いない。この者は、カイムの仲間だ。

「あれれー？　その体の精神、壊れてるじゃないですかー。下手をすれば、生きたまま体が腐り落ちますよー？」

「くっ。そうだな」

「一体全体、どうしたんですかー？」

「この男が我の行動をギルドに全て暴露しそうになってな。こうするしかなかったんだ」

こちらの魂が弱った隙を衝かれ、一瞬ではあるが体の主導権をカイムからフィリップに奪い返されてしまった。

黙っていればすべてが丸く収まったものを……。フィリップが保身に走らなかったのは、想定外だった。

フィリップの精神を握りつぶさねば、森の奥の鍾乳洞で手下の魂を使ってこっそりロックワームを飼育していたことも、冒険者ギルドの勢力を弱体化させようという目論見も、その後の企みも、すべてが白日の下に曝《さら》されていた。

「はあー。時間をかければフィンリスなど確実に潰せると豪語しておきながらー、この体たらくですかー」

「我はうまくやっていた！　間違いなく、計画は予定通りに進んでいたのだ！　計画が狂ったのは、すべてあのガキのせいだ……!!」

「そうそう。あなたの魂を削ったその……子ども？　一体何者なんですかー？」

「知るかっ!!　しかし、ああ、あれは神の強い加護を受けてる。六神のうちのどいつの手先かはわからないが、奴が力を出した時、神が降臨した気配を感じたから間違いない」

「なるほどー。さすがに我々が動けば、神も動きますよねー」

そう言って、アミィは月のない空を見上げた。フードの隙間から白い、あまりにも白い素肌が僅かに露わになった。

（こいつ……本当に生きているのか？）

アミィは仲間だ。だがカイムはその容《かお》を見て身の毛がよだった。

「まー、良いでしょう。後始末は私に任せてくださいー」

「恩に着る！　我はしばらくフィンリスを離れ、魂の回復に努めようと思う」

「了解しましたー」

「では、我はこれにて……」

カイムがフィンリスの闇の中に消えていった。

その背中を見送って、アミィはローブの下に隠しておいた短剣を抜き、ニッと口元を歪《ゆが》ませた。

「今宵は新月。夜道には、気をつけてくださいねー」

後日談

フィリップは自らが冒険者を依頼失敗に導いたと自白し、ギルドを辞職した。彼は本来伝えるべき重要な情報を隠し、受注者の能力を超えた依頼を冒険者に与えていた。

フィリップのせいで少なくない冒険者が命を落とし、また多くの新人冒険者がギルドの登録を抹消された。

もし透《とおる》がエステルを救わなければ、フィリップの企みによって命を落とした冒険者の数が一人増えていたところだった。

何故そのような行いをしたか。フィリップは最後まで語ることはなかったし、またフィンリスには彼をそれ以上追及する法がなかった。

彼はギルドの職務に不誠実ではあったが、冒険者は自らの命を自らが守らなくてはならない。

ギルドや領主により緊急事態に発令される強制依頼を除き、基本的に依頼を受ける自由は冒険者にある。依頼が身の丈に合うか合わないかの最終判断を行うのは冒険者なのだ。

だから法的には、フィリップは無罪となる。しかし、倫理的にお咎《とが》めなしとはいかなかった。

当然ながらギルド登録を抹消された冒険者から憤りの声が上がった。ギルド側はその声を受け入れ、現在登録を抹消されている者の再登録停止期間を解除。さらに通常はFランクから再スタートである所を、以前のランクから再スタート出来るようにした。

これで多少のゴタゴタは解消されたが、それでもフィンリスの冒険者ギルドの信用は大きく失墜した。今後しばらくの間は依頼が張り出されても、冒険者は『なにか裏があるんじゃないか』とギルドを疑うせいで、依頼の消化率が落ちるに違いない。

依頼の消化率が落ちれば、ギルドの収益が悪化する。

たった一人の職員の不正により、フィンリスの冒険者ギルドは窮地に立たされたのだった。

冒険者ギルドを窮地に立たせたフィリップはというと、ギルドを辞職した翌日に、フィンリスの路地裏で遺体となって発見された。

フィリップは背中から心臓をひと突きされて死んでいた。追い剝ぎの類いではあり得ない殺し方である。

冒険者による怨恨殺人か、あるいは彼の不可思議な行動に関係する者による口封じか。いずれにせよ、フィリップが何故あのような行動を起こしたのか、真相は闇の中に葬り去られてしまった。

エステルとパーティを組んだ翌日。透は宿の中庭でエステルと対峙《たいじ》していた。

「――ハッ！　ヤァッ!!」

「――っと！」

エステルの木剣が、透の脳天目がけて振り下ろされる。

その木剣を、透は横から優しく受け流す。

だが木剣は途中で速度を変えた。

僅かなタイミングのズレが、受け流しを失敗させる。

それでも透は慌てず、重心を変化させる。

透に迫った木剣が、緩やかに軌道を変化させ透の脇をすり抜けていった。

（なるほど。エステルはずっと《筋力強化》をかけ続けるんじゃなくて、適宜発動してるのか。消費するマナを抑えつつ、フェイントにもなってる）

剣速が変化した現象を素早く分析しながら、透はエステルの木剣を捌《さば》いていく。

一見すると大ぶりで隙だらけな攻撃も、《筋力強化》の瞬間発動によって隙が消え、脅威を感じる攻撃に変化する。再度大ぶりな攻撃が来ても、木剣の加速を怖れて反撃に踏み切れない。

エステルのほんの少しの工夫で、透の攻め手が一つ潰された形だ。実に良い攻撃だった。

現在透はエステルとともに、朝の鍛錬を行っていた。

これまで透は、朝の鍛錬を一人で行っていた。鍛錬は毎朝休まず行っていた。鍛錬を行うと目が冴《さ》えるし、〈剣術〉を体に染みこませられる。朝の鍛錬は、透にとってこの世界でのルーティーンとなっていた。

その朝の鍛錬に、今日はエステルが参戦してきた。

一人で剣を振るより、ずっと練習になりそうだ。そう思い、透はエステルと木剣を合わせたのだが、これが想像以上に身になることがわかった。

スキルはあくまで道具だ。スキルが高ければ高いほど、上等な道具を豊富に所持している状態になる。しかし、最終的に道具を使うのは自分自身である。

どれほどスキルが高かろうと、知識や工夫がなければ百％有効活用出来ない。上等な道具を持っていても、使い方がわからないなら宝の持ち腐れだ。

道具の使い方を学べるものが、まさに実戦経験だった。

エステルと剣を合わせる鍛錬は、透に不足している実戦経験を一気に補うものだった。

頭と体に蓄積されていく実戦経験に、透は笑みを浮かべた。スキルを上昇させただけでは手に入らないものが、満たされていく実感に、酔いしれた。

「ははは っ！」

透は笑いながら、エステルと木剣を合わせていく。

時には叩《たた》きつけ、時には躱《かわ》し、時には優しく受け流す。

「あんたら、中庭でなにやってんだい!!」

突如響いた女将の声に、透とエステルがギクリと肩を震わせた。

「あっ、えーと、おはようございます」

「おはようございます、じゃないよまったく！　ここは共用スペースなんだよ？　そんな張り切って訓練されたら、他の客が井戸を使えないじゃないか！」

見れば、宿の中から中庭に繋《つな》がる出入り口に、他の宿泊客の姿があった。宿泊客たちはみな機嫌悪そうに顔をしかめている。

どうやら透たちは、彼らの朝支度の邪魔をしてしまっていたようだ。

「……すみません」

「まったく。やるんなら余所でやってくれよ。ほら、どいたどいた！」

透とエステルは、宿泊客の憤怒の視線から逃れるように、そそくさと中庭を出て行ったのだった。

「申し訳ない」

「宿に迷惑を掛けてしまったのだ……」

「うん。このままだと不味いね」

今後、中庭で朝の鍛錬は行えない。だが透は朝の鍛錬をやめたくはなかった。

朝から体を動かすなど、透が日本で生活していた頃には考えられなかった。朝一番にランニングをする人たちを見て、透は『どうして朝から疲れることをしてんだろうこの人たちは』と冷めた目で見ていたものだった。

だが実際に体を動かしてみると、なかなかこれが馬鹿に出来ない。目覚めに体を動かすと、一日の調子がすこぶる良くなるのだ。

「どこか、空き家を借りられないかな」

「……っ！　それはいいな！」

透の呟《つぶや》きに、エステルがパンと手を打った。

「空き家を借りれば朝から鍛錬も出来るし、他の人の迷惑にならないのだ」

エステルの言葉はもっともだが、はたして一つ屋根の下に男女二人が共同生活を行うのはどうなのだろう？　と透は思う。

このことに思い至っているのかいないのか。エステルは「これは良い案だ！」と何度も頷《うなず》いている。……気づいていない可能性が高い。

『あいつはちょっと、危なっかしいところがある』

言葉とともに透の脳内に現れた衛兵のおじさんが、ぐっと親指を立てた。

ウザイ笑みを浮かべた衛兵を、透は全力でかき消した。

たしかにエステルは、少々危なっかしい。が、悪気は感じない。なので透は、自分が気をつけようと決意する。

こうして、当面の目標が決まった。

『朝練が出来る家を見つける』

「まずは仕事をして、沢山お金を稼がないとね」

「ああ、そうだな」

透たちは、新たな依頼を求めてギルドに向かった。そこで透たちは、ユニークな依頼を見つけた。

それはかなり割の良いクエストだった。透はやや訝《いぶか》しんだものの、命の危険はなさそうだと判断し、依頼を引き受けることにした。

――この依頼が、新たな騒動の幕開けになることも知らずに。

透《とおる》の魔術訓練・浮遊編

ある夜のことだ。

透はいつものように、布団の中に《ライティング》を仕込んでいた。

最初に《ライティング》を仕込んだときは、数十個仕込んだところで魔力切れが発生した。だがいまは《ライティング》の設置個数が百を超えている。

「意外といけるもんだなあ」

魔術訓練を始めてから、まだ数日だ。たった数日で魔力が急速に上がった――というわけではない。筋力と同じで、魔力はいきなり上がらない。日々の訓練の積み重ねで、少しずつ上昇していくものである。

透が以前より《ライティング》を多く仕込めるようになったのは、魔術が効率的に発動出来るようになったためだ。

初めに《ライティング》を仕込んだときは、魔術を十割の力で発動していた。それが現在は三分の一程度の力で発動出来るようになっていた。

消費魔力が三分の一になったということは、魔力総量が三倍になったに等しい効果がある。訓練は地味だが、効果は劇的だ。

といっても、この特訓で透が使える魔術が全て効率化されるわけではない。

これは魔術の効率的な使い方を会得する、基礎の基礎だ。いずれは他の魔術も、個別に特訓し効率化しなければなるまいと、透は考えている。

また同時発動数を二個や三個にすると、効率が一気に落ちる（透が一気に仕込んで魔力欠乏で倒れたのはそのためだ）。なので透は魔力消費量を意識しながら、少しずつ魔術の練度を上げていく。

《ライティング》の設置個数が二百を超えた頃だった。

「……さすがに、眼が痛いな」

布団の中から溢《あふ》れ出る光が、直視出来ない程になっていた。

「魔力にはまだ余裕があるし、一度設置し直す？　いやでも、なんだかもったいないよなあ」

透にはそれがまるで、途中まで積み上げたトランプタワーのように思えた。いちからやり直すなんて、もったいないない。

しかしこのまま《ライティング》を仕込み続ければ、光で目が潰れてしまいそうである。

「仕方ない。最初からやりなお……そうだっ！」

仕込んだ《ライティング》を消そうとした時だった。透の脳内にピコーンと良案が思い浮かんだ。

透は早速、自らに向けて《ブラインド》の魔術を使用した。

「うーん、ちょっと濃すぎるかな？」

一度《ブラインド》を解除して、今度は薄めに《ブラインド》をかける。すると、

「おっ、良い具合だ」

まるでサングラスをかけたように、視界全体が暗くなった。これなら光溢れる布団を見ても、目が眩《くら》まない。

「～♪」

後顧《しつめい》の憂いは断たれた。透は鼻歌交じりに次々と《ライティング》を仕込んでいく。

その数が、三百を超えた頃だった。

「……ん？」

仕込んでいた布団が、まるで風に吹かれたかのように揺れた。気のせいかと思い、透はさらに《ライティング》を仕込む。

すると、今度ははっきりと布団の端が動いた。

「えっ……なに？　なんで？」

布団の端は、糸でつり上げられたかのようにピクピクと振動している。じっと見つめるが、透は何故布団が振動しているのかがわからない。

「もしかして、《ライティング》のせいかな？」

試しに、透はさらに《ライティング》を仕込む。すると、

「浮いた……っ！」

布団がふわり、宙に浮かび上がった。

底面を発光させながら宙に浮かぶ布団は、なんと神々しいことか。透は浮かんだ布団を、しばし呆然《ぼうぜん》として眺めた。

やっと思考が動き出した透の頭に、真っ先に浮かんだ言葉は、

「……なんで浮いてるの？」

光には本来、物体を動かす力は存在しない。

どれだけ強烈な光を照射しても、物体は決して動かない。

しかし《ライティング》を大量に仕込んだ布団は、現に宙に浮いていた。

となると、考えられる可能性は一つ。

「魔術の光は、普通の光とは違うんだなあ」

《ライティング》は通常の光と違い、魔力が用いられることで、なんらかの力が発生しているのだろうと考えられる。

通常の光は、大量に当てれば熱を発する。しかし、《ライティング》の光はどれだけ照射しても熱を発しない。これも通常の光と大きく異なる点である。

普通の光とは違う。そこに納得し、透は魔力のギリギリまで《ライティング》を仕込んでいく。

布団の一角の横に《ライティング》を仕込むと、徐々にではあるが布団が回転を始めた。

「おー。やっぱり、《ライティング》には物を動かす力があるんだ」

とはいえそれは、数百仕込んでやっと布団が浮かび上がる程度の、あまりに小さな力である。

そして、この力はとんでもなく非効率だった。布団を持ち上げたければ、手を使えば一発なのだ。布団を持ち上げるために、わざわざ《ライティング》を数百個仕込む愚か者はおるまい。

しかし透は、この現象にのめり込んだ。

一体どこまで布団を高速回転させられるか？　透の頭にはもう、それしかなかった。

夢中になった透は今日も、趣味――もとい訓練の途中で魔力を使い果たし、気絶してしまった。

肌寒さを感じて目を覚ました透は、まだ辛うじて残る《ブラインド》越しに、それを見た。

底面を発光させながら宙に浮かび、扇風機のファンのように素早く回転する神々しい布団を
……。

耳を澄ませばシュンシュンと、布団が空気を切り裂く音が聞こえてくる。

「………なんだこれ？」

透は自分が一体なにをしていたのかは、覚えている。だが、何故こんなことになったのか、さっぱり思い出せない。

「へっくしゅん!!」

気絶しているあいだも、布団が発光しながら宙を舞っていたせいで、体がずいぶんと冷えてしまった。

このままでは、いつか風邪を引く。

透は自らの二の腕をさすりながら、次回は魔力切れで気絶しても良いように『浮かぶ用と寝る用の布団を用意しよう』と心に誓う。

『気絶しないように訓練する』や、『布団が浮かばないようにする』などの健全な解決策は、真っ先に選択肢から除外する透であった。

スキル解析・異空庫編

「トールの〈異空庫〉はどれくらい容量があるのだ?」

ある日のこと。エステルがおもむろにそう切り出した。

「うーん。そういえばまだ、〈異空庫〉の広さを調べたことはなかったなあ」

〈異空庫〉は荷物を別の空間に収納する便利スキルだ。これがあるかないかで、旅や冒険の安全度や難易度が違ってくる。

この〈異空庫〉の容量について、透《とおる》はこれまで一度も疑問を抱いたことはなかった。というのも、大量の荷物を収納する機会がなかったためだ。

『荷物が収納出来るならなんでも良い』というのが透の考えである。

「荷物を運ぶ段になって『容量が足りなかった』と慌てるよりも、事前に調べておいた方が良いのではないか?」

「うーん、たしかにそうだね」

エステルの言うことは最もだ。透は自らの〈異空庫〉容量のチェックを行うことにした。

「ところで、〈異空庫〉の容量ってどうやってチェックするの?」

〈異空庫〉は目に見えない。中がどのような形になっているかもわからないため、適当に物を収納するだけでは、正確にサイズが測れない。

「一般的なのは水を収納する方法だな。〈異空庫〉に収納出来なくなるまで水を収納する。その後、収納した水を木箱や樽《たる》に注ぎ込む。これで〈異空庫〉の容量を精確に測れるのだ」

「なるほど」

実に理に適った方法だ。水ならば、〈異空庫〉の形に左右されずに容量が計測出来る。

「そういえば、エステルの〈異空庫〉はどれくらいのサイズなの？」

「大体これくらいだな」

そう言って、エステルは手で大きさを示した。

大体、小さな衣装ケースくらいのサイズだ。三・四日分の食料は入るが、一週間分となると厳しそうである。

「もし透の〈異空庫〉が私と同じくらいのサイズであれば、遠征も楽に出来るようになる。受けられる依頼の幅が広がるぞ」

「たしかに」

「それじゃあ、早速計測するぞ。トール、こっちだ」

自信満々に歩くエステルの後ろについて行く。

透らはフィンリスの街を出て、外壁をぐるりと回る。そうして着いた場所は、大きな池の前だった。

「……ねえエステル。ここは？」

「ここはフィンリスの貯水池だな」

「〈異空庫〉の計測をするんだと思ってたんだけど、どうしてここに？」

「〈異空庫〉持ちだということがバレるのは良くないからな。人気がなく、水も沢山あるここで計測するのが一番なのだ」

「あー、なるほど」

透はてっきり街中で計測するものだとばかり思っていたが、〈異空庫〉持ちであることは周囲にバレない方が良い。エステルの言う通り、この場で計測するのが一番である。

計測器はないが、なにもミリリットル単位まで厳密に計測する必要はない。おおまかなサイズがわかれば良いだけなので、適当に穴でも掘ってそこに水を入れれば良い。

「さあトール。まずはこの池の水を吸い込むのだ」

「了解」

透は畔《ほとり》に立ち、池の水に手を浸けた。

――入れ。

透が念じると、〈異空庫〉が池の水の吸収を始めた。

その瞬間、ズンッと池の水が震えた。

途端に水が〈異空庫〉の中にギュンギュン吸い込まれていく。

水面がぐんぐん下がっていく。そのままでは水から手が離れてしまうため、透は少しずつ池の中に移動する。

水に濡《ぬ》れぬよう、露出した池底を上手く移動する。

〈異空庫〉がほぼ満タンになるのと同時に、おおよそテニスコート二面分はあるだろう貯水池から水が消えた。

水が消えた池底では、大小様々な魚が跳ねていた。

そのピチッピチッという音だけが、しばし水が消えた貯水池に響き渡った。

「えぇえ……」

呆然《ぼうぜん》としているエステルの下に戻り、透は口を開いた。

「……なんか、普通に全部入っちゃった」

「ふつう？　ふつうって、なんなのだ？」

「てへっ」

「てへっではないのだ!!」

「ぐえっ」

突然エステルがいきなり立ち、透の肩を摑《つか》んで前後にシェイクした。

「なんなのだそれは、なんなのだそれは、なんなのだそれは!?」

「ちょ、まっ、エステル、落ち着いて！」

「これが落ち着けるかっ！　一体その馬鹿みたいな容量はなんなのだ!?　そんな巨大な〈異空庫〉など、聞いたことがないぞ！　なにかズルをしているのではないだろうな!?」

「ど、どうやってズルするのさ？」

「む……」

エステルが言葉に詰まった隙をついて、透は彼女の束縛から脱出した。

「これは……不味いぞトール」

「えっ、そう？　これだけ容量があれば、遠征し放題だよね」

「そうではないのだ。いや、そうなのだが、これほどの容量だと、命が狙われるかもしれないのだ……」

「ひえっ⁉　い、いやいや、さすがにそこまで深刻なものじゃない、よね？」

透の問いに、しかしエステルは沈痛な面持ちで首を振った。

エアルガルドの輸送事情は、日本よりも圧倒的に不便なものだ。

輸送手段は荷馬車が一般的だが、荷馬車は馬を使う。移動する日数分、人間の食事と馬の餌を、輸送する荷物とは別に荷台で運ばなければならない。輸送距離が伸びれば伸びるほど、輸送出来る商品が減っていくのだ。

また輸送中は魔物の襲撃を常に警戒しなければならない。特に食材などの運搬時は、鼻の利く獣系モンスターの襲撃に遭う確率が高くなる。護衛を雇わなくては、荷物を無事に別の街まで運ぶことは困難を極める。

だが〈異空庫〉があれば話は別だ。

透一人いるだけで、馬車数台分の荷物を運べ、さらに馬も飼料も護衛にかかる費用の一切を大幅に節約出来る。

もし商人たちが透の〈異空庫〉の噂《うわさ》を聞きつければ、『どんな手段を使ってでも従えよう』とす

る輩は必ず現れる。

それでも透を従えられない場合、商人にとって透が強力な商売敵になる可能性が生じる。すると『どんな手段を使ってでも消してやろう』と思う輩が、現れないとも限らない。

「トール。人前で〈異空庫〉は、絶対に使わないよう気をつけるのだぞ」

「もしかして、ずっとこのまま?」

〈異空庫〉を人前で使わないことに、透は不便さを感じていた。出来るなら、いつかは堂々と使いたい。

しかしこの様子では、永遠に人前で使えないのでは?

そんな透の疑問に、エステルはやんわり首を振った。

「いや、一流冒険者の中には、〈異空庫〉で成果を上げている者もいるのだ。強い後ろ盾か、実力を手に入れるまでの我慢なのだ」

「……うん、わかった」

透はしょんぼりしながらも、従順に頷《うなず》いた。異世界に来てまで、日本の労働者のように扱われるのはまっぴら御免である。もちろん、それだけで済めばまだ良い方なのだが……。

さておき〈異空庫〉の計測だが、なにかで測るまでもなく、池の水一杯分という理不尽なサイズだということはわかった。

重要な問題が浮上したが、計測は無事終了。透は〈異空庫〉に入れた水を排出しようと手を前にかざした。

その時だった、

「あっ、ちょっと待てトール。水を出すときはゆっくり――」

エステルの警告は、僅かに遅かった。

『出ろ』と念じたその瞬間、透の目の前に、巨大な水の塊が出現した。

その塊は、貯水池から透が吸収した水すべてだ。

「げっ――！」

「にげ――！」

逃げろ。

その言葉を言い切る前に、透とエステルは脱兎《だっと》の如く逃げ出した。

次の瞬間。

――ドッパァァアン‼

水が貯水池に落下し、巨大な水柱を上げた。

膨大な水の質量と圧力により地面が大きくめくれ上がる。

もしここに人間が巻き込まれれば、陸上で溺れ死んでいたか、あるいは水の衝撃により全身がバラバラになっていたかもしれない。

透もエステルも、《筋力強化》を用いて全力で逃げたため、命に別状はなかった。だが両者ともに水しぶきを浴びて、濡れ鼠《ねずみ》となってしまった。

「トール。〈異空庫〉から大きな物を出すときは、十分注意するのだ。こうなるから……」

「……うん、ごめん。今度から気をつける」

○本日の教訓
〈異空庫〉から巨大なアイテムを取り出すときは、少しずつを心がける。

イメージによって〈異空庫〉から出現方法を変えられるため、水のような不定形の物体を取り出す際は、蛇口等をイメージして、少しずつ取り出すべし。

私の好きな言葉に、こんなものがあります。

『どんなに辛い旅でも、笑っている映像《え》を繋げると、良い旅だったように見える』

辛い出来事ばかりに目を向けると、自分の人生はなんと不幸なのだろうと思えてくる。けれど辛い時でも、些細な幸せに目を向けると、不思議と幸せな気持ちで満たされる。これは、そんな意味を持つ言葉です。

たとえば私は、胆振《いぶり》東部大震災で被災しました。北海道がブラックアウトして、電気のない日々を過ごしました。けれど私は震災で辛かったアレコレよりも、すべての明かりが失われたからこそ見える星々の輝きを、その時感じた胸の温もりを、一生忘れないでしょう。

そんな、『今しか出会えない小さな幸せに目を向ける』ことが、人生をより豊かに生きる方法なのではないかと、私は考えます。

現在世界は、大変な困難に直面しております。そんな中この小説が、皆様の心に灯る小さな幸せや、癒やしになってくれると嬉しいです。私が見た満天の星空のように、とまでは言いませんが。

最後に謝辞を。素晴らしいイラストを描いてくださいましたイラストレーターのかやはらさん、担当編集さん、校正さん、デザイナーさん、印刷所さん。その他、この本に携わってくださいましたすべての方に、感謝を申し上げます。

そして最大の感謝は、この本を手に取ってくださった読者様《あなた》へ。

劣等人の魔剣使い二巻でまた、皆様にお会い出来ることを楽しみにしております。

Kラノベブックス

劣等人《れっとうじん》の魔剣使《まけんつか》い
スキルボードを駆使《くし》して最強《さいきょう》に至《いた》る

萩鵜《はぎう》アキ

2020年6月30日第1刷発行

発行者	森田浩章
発行所	株式会社 講談社 〒112-8001　東京都文京区音羽2-12-21
電　話	出版　(03)5395-3715 販売　(03)5395-3608 業務　(03)5395-3603
デザイン	寺田鷹樹
本文データ制作	講談社デジタル製作
印刷所	豊国印刷株式会社
製本所	株式会社フォーネット社

ISBN978-4-06-519594-9　N.D.C.913　291p　19cm
定価はカバーに表示してあります

ファンレター、
作品のご感想を
お待ちしています。

あて先　〒112-8001　東京都文京区音羽2-12-21
(株) 講談社　ラノベ文庫編集部 気付
「萩鵜アキ先生」係
「かやはら先生」係

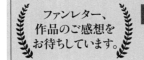